文通天下

突　破　认　知　的　边　界

受戒

汪曾祺 —
著

读者出版社

目 录

受戒 ＼ 001

翠子 ＼ 029

河上 ＼ 039

庙与僧 ＼ 049

桥边小说三篇 ＼ 058

复仇 ＼ 083

菜生小爷 ＼ 097

落魄 ＼ 104

钓人的孩子 ＼ 122

金冬心 ＼ 129

鸡毛 ＼ 143

护秋 ＼ 157

尴尬 ＼ 161

生前友好 ＼ 168

熟 人 \ 171

迟开的玫瑰或胡闹 \ 172

窥 浴 \ 187

毋忘我 \ 191

要 账 \ 193

绿 猫 \ 197

公冶长 \ 227

梦 \ 229

这个庵里无所谓清规,

连这两个字也没人提起。

受 戒

明海出家已经四年了。

他是十三岁来的。

这个地方的地名有点怪，叫庵赵庄。赵，是因为庄上大都姓赵。叫作庄，可是人家住得很分散，这里两三家，那里两三家。一出门，远远可以看到，走起来得走一会儿，因为没有大路，都是弯弯曲曲的田埂。庵，是因为有一个庵。庵叫菩提庵，可是大家叫讹了，叫成荸荠庵。连庵里的和尚也这样叫。"宝刹何处？"——"荸荠庵。"庵本来是住尼姑的。"和尚庙""尼姑庵"嘛。可是荸荠庵住的是和尚。也许因为荸荠庵不大，大者为庙，小者为庵。

明海在家叫小明子。他是从小就确定要出家的。他的家乡不叫"出家"，叫"当和尚"。他的家乡出和尚。就像有的地方出劁猪的，有的地方出织席子的，有的地方出箍桶的，有的地方出弹棉花的，有的地方出画匠，他的家乡出和尚。人家弟兄多，就派一个出去当和尚。当和尚也要通过关系，也有帮。这地方的和尚有的走得很远。有到杭州灵隐寺的、上海静安寺的、镇江金山寺的、扬州天宁寺的。一般的就在本县的寺庙。明海家田少，老大、老二、老三，就足够种的了。他是老四。他七岁那年，他当和尚的舅舅回家，他爹、他娘就和舅舅商议，决定叫他当和尚。他当时在旁边，觉得这实在是在情在理，没有理由反对。当和尚有很多好处。一是可以吃现成饭。哪个庙里都是管饭的。二是可以攒钱。只要学会了放瑜伽焰口，拜梁皇忏，可以按例分到辛苦钱。积攒起来，将来还俗娶亲也可以；不想还俗，买几亩田也可以。当和尚也不容易，一要面如朗月，二要声如钟磬，三要聪明记性好。他舅舅给他相了相面，叫他前走几步，后走几步，又叫他喊了一声赶牛打场的号子："格当嘚——"，说是"明子准能当个好和尚，我包了！"要当和尚，得下点本，——念几年书。哪有不认字的和尚呢！于是明子就开蒙入学，读了《三字经》

《百家姓》《四言杂字》《幼学琼林》《上论、下论》《上孟、下孟》，每天还写一张仿。村里都夸他字写得好，很黑。

舅舅按照约定的日期又回了家，带了一件他自己穿的和尚领的短衫，叫明子娘改小一点，给明子穿上。明子穿了这件和尚短衫，下身还是在家穿的紫花裤子，赤脚穿了一双新布鞋，跟他爹、他娘磕了一个头，就随舅舅走了。

他上学时起了个学名，叫明海。舅舅说，不用改了。于是"明海"就从学名变成了法名。

过了一个湖。好大一个湖！穿过一个县城。县城真热闹：官盐店，税务局，肉铺里挂着成边的猪，一个驴子在磨芝麻，满街都是小磨香油的香味，布店，卖茉莉粉、梳头油的什么斋，卖绒花的，卖丝线的，打把式卖膏药的，吹糖人的，耍蛇的……他什么都想看看。舅舅一劲地推他："快走！快走！"

到了一个河边，有一只船在等着他们。船上有一个五十来岁的瘦长瘦长的大伯，船头蹲着一个跟明子差不多大的女孩子，在剥一个莲蓬吃。明子和舅舅坐到舱里，船就开了。

明子听见有人跟他说话，是那个女孩子。

"是你要到荸荠庵当和尚吗？"

明子点点头。

"当和尚要烧戒疤！你不怕？"

明子不知道怎么回答，就含含糊糊地摇了摇头。

"你叫什么？"

"明海。"

"在家的时候？"

"叫明子。"

"明子！我叫小英子！我们是邻居。我家挨着荸荠庵。——给你！"

小英子把吃剩的半个莲蓬扔给明海，小明子就剥开莲蓬壳，一颗一颗吃起来。

大伯一桨一桨地划着，只听见船桨泼水的声音：

"哗——许！哗——许！"

……

荸荠庵的地势很好，在一片高地上。这一带就数这片地高，当初建庵的人很会选地方。门前是一条河。门外是一片很大的打谷场。三面都是高大的柳树。山门里是一个穿堂。迎门供着弥勒佛。不知是哪一位名士撰写了一副对联：

大肚能容容天下难容之事

开颜一笑笑世间可笑之人

弥勒佛背后，是韦驮。过穿堂，是一个不小的天井，种着两棵白果树。天井两边各有三间厢房。走过天井，便是大殿，供着三世佛。佛像连龛才四尺来高。大殿东边是方丈，西边是库房。大殿东侧，有一个小小的六角门，白门绿字，刻着一副对联：

一花一世界

三藐三菩提

进门有一个狭长的天井，几块假山石，几盆花，有三间小房。

小和尚的日子清闲得很。一早起来，开山门，扫地。庵里的地铺的都是箩底方砖，好扫得很，给弥勒佛、韦驮烧一炷香，正殿的三世佛面前也烧一炷香，磕三个头，念三声"南无阿弥陀佛"，敲三声磬。这庵里的和尚不兴做什么早课、晚课，明子这三声磬就全都代替了。然后，挑水，喂猪。然后，等当家和尚，即明子的舅舅起来，教他念经。

教念经也跟教书一样，师父面前一本经，徒弟面前一本经，师父唱一句，徒弟跟着唱一句。是唱哎。舅舅一边唱，一边还用手在桌上拍板。一板一眼，拍得很响，就跟教唱戏一样。是跟教唱戏一样，完全一样哎。连用的名词都一样。舅舅说，念经：一要板眼准，二要合工尺。说：当一个好和尚，得有条好嗓子。说：民国有次闹大水，运河倒了堤，最后在清水潭合龙，因为大水淹死的人很多，放了一台大焰口，十三大师——十三个正座和尚，各大庙的方丈都来了，下面的和尚上百。谁当这个首座？推来推去，还是石桥——善因寺的方丈！他往上一坐，就跟地藏王菩萨一样，这就不用说了；那一声"开香赞"，围看的上千人立时鸦雀无声。说：嗓子要练，夏练三伏，冬练三九，要练丹田气！说：要吃得苦中苦，方为人上人！说：和尚里也有状元、榜眼、探花！要用心，不要贪玩！舅舅这一番大法说得明海和尚实在是五体投地，于是就一板一眼地跟着舅舅唱起来：

"炉香乍爇——"

"炉香乍爇——"

"法界蒙薰——"

"法界蒙薰——"

"诸佛现金身……"

"诸佛现金身……"

……

等明海学完了早经，——他晚上临睡前还要学一段，叫作晚经，——荸荠庵的师父们就都陆续起床了。

这庵里人口简单，一共六个人。连明海在内，五个和尚。

有一个老和尚，六十几了，是舅舅的师叔，法名普照，但是知道的人很少，因为很少人叫他法名，都称之为老和尚或老师父，明海叫他师爷爷。这是个很枯寂的人，一天关在房里，就是那"一花一世界"里。也看不见他念佛，只是那么一声不响地坐着。他是吃斋的，过年时除外。

下面就是师兄弟三个，仁字排行：仁山、仁海、仁渡。庵里庵外，有的称他们为大师父、二师父；有的称之为山师父、海师父。只有仁渡，没有叫他"渡师父"的，因为听起来不像话，大都直呼之为仁渡。他也只配如此，因为他还年轻，才二十多岁。

仁山，即明子的舅舅，是当家的。不叫"方丈"，也不叫"住持"，却叫"当家的"，是很有道理的，因为他确确实实干的是当家的职务。他屋里摆的是一张账桌，桌子上放的是账簿和算盘。账簿共有三本。一本是经账，一本是租账，一本是债账。和尚要做法事，做法事要收钱，——要不，当和尚干什么？常做的法事是放焰口。正规的焰口是十个人。一个正座，一个敲鼓的，两边一边四个。人少了，八个，一边三个，也凑合了。荸荠庵只有四个和尚，要放整焰口就得和别的庙里合伙。这样的时候也有过。通常只是放半台焰口。一个正座，一个敲鼓，另外一边一个。一来找别的庙里合伙费事；二来这一带放得起整焰口的人家也不多。有的时候，谁家死了人，就只请两个，甚至一个和尚咕噜咕噜念一通经，敲打几声法器就算完事。很多人家的经钱不是当时就给，往往要等秋后才还。这就得记账。另外，和尚放焰口的辛苦钱不是一样的。就像唱戏一样，有份子。正座第一份。因为他要领唱，而且还要独唱。当中有一大段"叹骷髅"，别的和尚都放下法器休息，只有首座一个人有板有眼地曼声吟唱。第二份是敲鼓的。你以为这容易呀？哼，单是一开头的"发擂"，手上没功夫就敲不出迟疾顿挫！其余的，就一样了。这也得记上：某月某日，谁家焰口半台，谁正座，谁敲鼓……省得到年底结账时赌咒骂娘。……这庵里有几十亩庙产，租给人种，到时候要收租。庵里还放债。租、债一向倒很少亏欠，因为租佃借钱的人怕菩萨不高兴。这三本账就够仁山忙的了。另外香烛灯火、油盐"福食"，这也得随时记记账呀。除了账簿之外，山师父的方丈的墙上还挂着一块水牌，上漆四个红字："勤笔免思"。

仁山所说当一个好和尚的三个条件，他自己其实一条也不具备。他的相貌只要用两个字就说清楚了：黄，胖。声音也不像钟磬，倒像母猪。聪明吗？难说，打牌老输。他在庵里从不穿袈裟，连海青直裰也免了。经常是披着件短僧衣，袒露着一个黄色的肚子。下面是光脚趿拉着一双僧鞋，——新鞋他也是趿拉着。他一天就是这样不衫不履地这里走走，那里走走，发出母猪一样的声音："哼——哼——"。

二师父仁海。他是有老婆的。他老婆每年夏秋之间来住几个月，因为庵里凉快。庵里有六个人，其中之一，就是这位和尚的家眷。仁山、仁渡叫她嫂子，明海叫她师娘。这两口子都很爱干净，整天洗涮。傍晚的时候，坐在天井里乘凉。白天，闷在屋里不出来。

三师父是个很聪明精干的人。有时一笔账大师兄扒了半天算盘也算不清，他眼珠子转两转，早算得一清二楚。他打牌赢的时候多，二三十张牌落地，上下家手里有些什么牌，他就差不多都知道了。他打牌时，总有人爱在他后面看歪头胡。谁家约他打牌，就说"想送两个钱给你"。他不但经忏俱通（小庙的和尚能够拜忏的不多），而且身怀绝技，会"飞铙"。七月间有些地方做盂兰会，在旷地上放大焰口，几十个和尚，穿绣花袈裟，飞铙。飞铙就是把十多斤重的大铙钹飞起来。到了一定的时候，全部法器皆停，只几十副大铙紧张急促地敲起来。忽然起手，大铙向半空中飞去，一面飞，一面旋转。然后，又落下来，接住。接住不是平平常常地接住，有各种架势，"犀牛望月""苏秦背剑"……这哪是念经，这是耍杂技。也许是地藏王菩萨爱看这个，但真正因此快乐起来的是人，尤其是妇女和孩子。这是年轻漂亮的和尚出风头的机会。一场大焰口过后，也像一个好戏班子过后一样，会有一个两个大姑娘、小媳妇失踪，——跟和尚跑了。他还会放"花焰口"。有的人家，亲戚中多风流子弟，在不是很哀伤的佛事——如做冥寿时，就会提出放花焰口。所谓"花焰口"就是在正焰口之后，叫和尚唱小调，拉丝弦，吹管笛，敲鼓板，而且可以点唱。仁渡一个人可以唱一夜不重头。仁渡前几年一直在外面，近两年才常住在庵里。据说他有相好的，而且不止一个。他平常可是很规矩，看到姑娘、媳妇总是老老实实的，连一句玩笑话都不说，一句小调山歌都不唱。有一回，在打谷场上乘凉的时候，一伙人把他围起来，非叫他唱两个不可。他却情不过，说："好，唱一个。不唱家乡的。家乡的你们都熟。唱个安徽的。"

姐和小郎打大麦，

一转子讲得听不得。

听不得就听不得，

打完了大麦打小麦。

唱完了，大家还嫌不够，他就又唱了一个……

仁山吃水烟，连出门做法事也带着他的水烟袋。

他们经常打牌。这是个打牌的好地方。把大殿上吃饭的方桌往门口一搭，斜放着，就是牌桌。桌子一放好，仁山就从他的方丈里把筹码拿出来，哗啦一声倒在桌上。斗纸牌的时候多，搓麻将的时候少。牌客除了师兄弟三人，常来的是一个收鸭毛的，一个打兔子兼偷鸡的，都是正经人。收鸭毛的担一副竹筐，串乡串镇，拉长了沙哑的声音喊叫：

"鸭毛卖钱——！"

偷鸡的有一件家什——铜蜻蜓。看准了一只老母鸡，把铜蜻蜓一丢，鸡婆子上去就是一口。这一啄，铜蜻蜓的硬簧绷开，鸡嘴撑住了，叫不出来了。正在这鸡十分纳闷的时候，上去一把薅住。

明子曾经跟这位正经人要过铜蜻蜓看看。他拿到小英子家门前试了一试，果然！小英子的娘知道了，骂明子：

"要死了！儿子！你怎么到我家来玩铜蜻蜓了！"

小英子跑过来：

"给我！给我！"

她也试了试，真灵，一个黑母鸡一下子就把嘴撑住，傻了眼了！

下雨阴天，这二位就光临荸荠庵，消磨一天。

有时没有外客，就把老师叔也拉出来，打牌的结局，大都是当家和尚气得鼓鼓的："又输了！下回不来了！"

他们吃肉不瞒人。年下也杀猪。杀猪就在大殿上。一切都和在家人一样，开水、木桶、尖刀。捆猪的时候，猪也是没命地叫。跟在家人不同的，是多一道仪式，要给即将升天的猪念一道"往生咒"，并且总是老师叔念，神情很庄重：

"……一切胎生、卵生、息生，来从虚空来，还归虚空去。往生再世，皆当欢喜。南无阿弥陀佛！"

三师父仁渡一刀子下去，鲜红的猪血就带着很多沫子喷出来。

……

明子老往小英子家里跑。

小英子的家像一个小岛，三面都是河，西面有一条小路通到荸荠庵。独门独户，岛上只有这一家。岛上有六棵大桑树，夏天都结大桑椹，三棵结白的，三棵结紫的；一个菜园子，瓜豆蔬菜，四时不缺。院墙下半截是砖砌的，上半截是泥夯的。大门是桐油油过的，贴着一副万年红的春联：

向阳门第春常在
积善人家庆有余

门里是一个很宽的院子。院子里一边是牛屋、碓棚；一边是猪圈、鸡窠，还有个关鸭子的栅栏。露天地放着一具石磨。正北面是住房，也是砖基土筑，上面盖的一半是瓦，一半是草。房子翻修了才三年，木料还露着白茬。正中是堂屋，家神菩萨的画像上贴的金还没有发黑。两边是卧房。隔扇窗上各嵌了一块一尺见方的玻璃，明亮亮的，——这在乡下是不多见的。房檐下一边种着一棵石榴树，一边种着一棵栀子花，都齐房檐高了。夏天开了花，一红一白，好看得很。栀子花香得冲鼻子。顺风的时候，在荸荠庵都闻得见。

　　这家人口不多。他家当然是姓赵。一共四口人：赵大伯、赵大妈，两个女儿，大英子、小英子。老两口没有儿子。因为这些年人不得病，牛不生灾，也没有大旱、大水、闹蝗虫，日子过得很兴旺。他们家自己有田，本来够吃的了，又租种了庵上的十亩田。自己的田里，一亩种了荸荠，——这一半是小英子的主意，她爱吃荸荠，一亩种了慈姑。家里喂了一大群鸡鸭，单是鸡蛋鸭毛就够一年的油盐了。赵大伯是个能干人。他是一个"全把式"，不但田里场上样样精通，还会罩鱼、洗磨、凿砻、修水库、修船、砌墙、烧砖、箍桶、劈篾、绞麻绳。他不咳嗽，不腰疼，结结实实，像一棵榆树。人很和气，一天不声不响。赵大伯是一棵摇钱树，赵大娘就是个聚宝盆。大娘精神得出奇。五十岁了，两个眼睛还是清亮亮的。不论什么时候，头都是梳得滑滴滴的，身上衣服都是格挣挣的。像老头子一样，她一天不闲着。煮猪食，喂猪，腌咸菜，——她腌的咸萝卜干非常好吃，舂粉子，磨小豆腐，编蓑衣，织芦箔。她还会剪花样子。这里嫁闺女，陪嫁妆，瓷坛子、锡罐子，都要用梅红纸剪出吉祥花样，贴在上面，讨个吉利，也才好看："丹凤朝阳"呀、"白头到老"呀、"子孙万代"呀、"福寿绵长"呀。二三十里的人家都来请她："大娘，好日子是十六，你哪天去呀？"——"十五，我一大清早就来！"

"一定呀！"——"一定！一定！"

两个女儿，长得跟她娘像一个模子里托出来的。眼睛长得尤其像，白眼珠鸭蛋青，黑眼珠棋子黑，定神时如清水，闪动时像星星。浑身上下，头是头，脚是脚。头发滑滴滴的，衣服格挣挣的。——这里的风俗，十五六岁的姑娘就都梳上头了。这两个丫头，这一头的好头发！通红的发根，雪白的簪子！娘女三个去赶集，一集的人都朝她们望。

姐妹俩长得很像，性格不同。大姑娘很文静，话很少，像父亲。小英子比她娘还会说，一天叽叽呱呱地不停。大姐说：

"你一天到晚叽叽呱呱——"

"像个喜鹊！"

"你自己说的！——吵得人心乱！"

"心乱？"

"心乱！"

"你心乱怪我呀！"

二姑娘话里有话。大英子已经有了人家。小人她偷偷地看过，人很敦厚，也不难看，家道也殷实，她满意。已经下过小定，日子还没有定下来。她这两年，很少出房门，整天赶她的嫁妆。大裁大剪，她都会。挑花绣花，不如娘。她可又嫌娘出的样子太老了。她到城里看过新娘子，说人家现在绣的都是活花活草。这可把娘难住了。最后是喜鹊忽然一拍屁股："我给你保举一个人！"

这人是谁？是明子。明子念《上孟、下孟》的时候，不知怎么得了半套《芥子园》，他喜欢得很。到了荸荠庵，他还常翻出来看，有时还把旧账簿子翻过来，照着描。小英子说：

"他会画！画得跟活的一样！"

小英子把明海请到家里来，给他磨墨铺纸，小和尚画了几张，大英子喜欢得了不得：

"就是这样！就是这样！这就可以乱屌！"——所

谓"乱屦"是绣花的一种针法：绣了第一层，第二层的针脚插进第一层的针缝，这样颜色就可由深到淡，不露痕迹，不像娘那一代绣的花是平针，深浅之间，界限分明，一道一道的。小英子就像个书童，又像个参谋：

"画一朵石榴花！"

"画一朵栀子花！"

她把花掐来，明海就照着画。

到后来，凤仙花、石竹子、水蓼、淡竹叶、天竺果子、蜡梅花，他都能画。

大娘看着也喜欢，搂住明海的和尚头：

"你真聪明！你给我当一个干儿子吧！"

小英子捺住他的肩膀，说：

"快叫！快叫！"

小明子跪在地下磕了一个头，从此就叫小英子的娘做干娘。

大英子绣的三双鞋，三十里方圆都传遍了。很多姑娘都走路坐船来看。看完了，就说："啧啧啧，真好看！这哪是绣的，这是一朵鲜花！"她们就拿了纸来央大娘求了小和尚来画。有求画帐檐的，有求画门帘飘带的，有求画鞋头花的。每回明子来画花，小英子就给他做点好吃的，煮两个鸡蛋，蒸一碗芋头，煎几个藕团子。

因为照顾姐姐赶嫁妆，田里的零碎生活小英子就全包了。她的帮手，是明子。

这地方的忙活是栽秧、车高田水、薅头遍草，再就是割稻子、打场了。这几茬重活，自己一家是忙不过来的。这地方兴换工。排好了日期，几家顾一家，轮流转。不收工钱，但是吃好的。一天吃六顿，两头见肉，顿顿有酒。干活时，敲着锣鼓，唱着歌，热闹得很。其余的时候，各顾各，不显得紧张。

薅三遍草的时候，秧已经很高了，低下头看不见人。一听见非常脆亮的嗓子在一片浓绿里唱：

栀子哎开花哎六瓣头哎……
姐家哎门前哎一道桥哎……

明海就知道小英子在哪里，三步两步就赶到，赶到就低头薅起草来。傍晚牵牛"打汪"，是明子的事。——水牛怕蚊子。这里的习惯，牛卸了轭，饮了水，就牵到一口和好泥水的"汪"里，由它自己打滚扑腾，弄得全身都是泥浆，这样蚊子就咬不透了。低田上水，只要一挂十四轧的水车，两个人车半天就够了。明子和小英子就伏在车杠上，不紧不慢地踩着车轴上的拐子，轻轻地唱着明海向三师父学来的各处山歌。打场的时候，明子能替赵大伯一会儿，让他回家吃饭。——赵家自己没有场，每年都在荸荠庵外面的场上打谷子。他一扬鞭子，喊起了打场号子：

"格当嘚——"

这打场号子有音无字，可是九转十三弯，比什么山歌号子都好听。赵大娘在家，听见明子的号子，就侧起耳朵：

"这孩子这条嗓子！"

连大英子也停下针线：

"真好听！"

小英子非常骄傲地说：

"一十三省数第一！"

晚上，他们一起看场。——荸荠庵收来的租稻也晒在场上。他们并肩坐在一个石磕子上，听青蛙打鼓，听寒蛇唱歌，——这个地方以为蝼蛄叫是蚯蚓叫，而且叫蚯蚓叫"寒蛇"，听纺纱婆子不停地纺纱，"呦——"，看萤火虫飞来飞去，看天上的流星。

"呀！我忘了在裤带上打一个结！"小英子说。

这里的人相信，在流星掉下来的时候在裤带上打一个结，心里想什么好事，就能如愿。

......

"搌"荸荠,这是小英子最爱干的生活。秋天过去了,地净场光,荸荠的叶子枯了,——荸荠的笔直的小葱一样的圆叶子里是一格一格的,用手一搌,哗哗地响,小英子最爱搌着玩,——荸荠藏在烂泥里。赤了脚,在凉浸浸、滑溜溜的泥里踩着,——哎,一个硬疙瘩!伸手下去,一个红紫红紫的荸荠。她自己爱干这生活,还拉了明子一起去。她老是故意用自己的光脚去踩明子的脚。

她挎着一篮子荸荠回去了,在柔软的田埂上留了一串脚印。明海看着她的脚印,傻了。五个小小的趾头,脚掌平平的,脚跟细细的,脚弓部分缺了一块。明海身上有一种从来没有过的感觉,他觉得心里痒痒的。这一串美丽的脚印把小和尚的心搞乱了。

......

明子常搭赵家的船进城,给庵里买香烛,买油盐。闲时是赵大伯划船;忙时是小英子去,划船的是明子。

从庵赵庄到县城,当中要经过一片很大的芦花荡子。芦苇长得密密的,当中一条水路,四边不见人。划到这里，明子总是无端端地觉得心里很紧张，他就使劲地划桨。

小英子喊起来：

"明子！明子！你怎么啦？你发疯啦？为什么划得这么快？"

……

明海到善因寺去受戒。

"你真的要去烧戒疤呀？"

"真的。"

"好好的头皮上烧八个洞，那不疼死啦？"

"咬咬牙。舅舅说这是当和尚的一大关，总要过的。"

"不受戒不行吗？"

"不受戒的是野和尚。"

"受了戒有啥好处？"

"受了戒就可以到处云游，逢寺挂褡。"

"什么叫'挂褡'？"

"就是在庙里住。有斋就吃。"

"不把钱？"

"不把钱。有法事，还得先尽外来的师父。"

"怪不得都说'远来的和尚会念经'。就凭头上这几个戒疤？”

"还要有一份戒牒。"

"闹半天，受戒就是领一张和尚的合格文凭呀！"

"就是！"

"我划船送你去。"

"好。"

小英子早早就把船划到荸荠庵门前。不知是什么道理，她兴奋得很。她充满了好奇心，想去看看善因寺这座大庙，看看受戒是个啥样子。

善因寺是全县第一大庙，在东门外，面临一条水很深的护城河，三面都是大树，寺在树林子里，远处只能隐隐约约看到一点金碧辉煌的屋顶，不知道有多大。树上到处挂着"谨防恶犬"的牌子。这寺里的狗出名得厉害。平常不大有人进去。放戒期间，任人游看，恶狗都锁起来了。

好大一座庙！庙门的门槛比小英子的胳膝都高。迎门矗着两块大牌，一边一块，一块写着斗大两个大字："放戒"，一块是："禁止喧哗"。这庙里果然是气象庄严，到了这里谁也不敢大声咳嗽。明海自去报名办事，小英子就到处看看。好家伙，这哼哈二将、四大天王，有三丈多高，都是簇新的，才装修了不久。天井有二亩地大，铺着青石，种着苍松翠柏。"大雄宝殿"，这才真是个"大殿"！一进去，凉飕飕的。到处都是金光耀眼。释迦牟尼佛坐在一个莲花座上。单是莲座，就比小英子还高。抬起头来也看不全他的脸，只看到一个微微闭着的嘴唇和胖墩墩的下巴。两边的两根大红蜡烛，一搂多粗。佛像前的大供桌上供着鲜花、绒花、绢花，还有珊瑚树、玉如意、整棵的大象牙。香炉里烧着檀香。小英子出了庙，闻着自己的衣服都是香的。挂了好些幡。这些幡不知是什么缎子的，那么厚重，绣的花真细。这么大一口磬，里头能装五担水！这么大一个木鱼，有一头牛大，漆得通红的。她又去转了转罗汉堂，爬到千佛楼上看了看。真有一千个小佛！她还跟着一些人去看了看藏经楼。藏经楼没有什么看头，都是经书！逛了这么一圈，腿都酸了。小英子想起还要给家里打油，替姐姐配丝线，给娘买鞋面布，给自己买两个坠围裙飘带的银蝴蝶，给爹买旱烟，就出庙了。

等把事情办齐，晌午了。她又到庙里看了看，和尚正在吃粥。好大一个"膳堂"，坐得下八百个和尚。吃粥也有这样多讲究：正面法座上摆着两个锡胆瓶，里面插着红绒花，后面盘膝坐着一个穿了大红满金绣袈裟的和尚，手里拿了戒尺。这戒尺是要打人的。哪个和尚吃粥吃出了声音，他下来就是一戒尺。不过他并不真的打人，只是做个样子。真稀奇，那么多的和尚吃粥，竟然不出一点声音！她看见明子也坐在里面，想跟他打个招呼又不好打。想了想，管他禁止不禁止喧哗，就大声喊了一句："我走啦！"她看见明子目不斜视地微微点了点头，就不管很多人都朝自己看，大摇大摆地走了。

第四天一大清早小英子就去看明子。她知道明子受戒是第三天半夜，——烧戒疤是不许人看的。她知道要请老剃头师傅剃头，要剃得横摸顺摸都摸不出头发茬子，要不然一烧，就会"走"了戒，烧成了一片。她知道是用枣泥子先点在头皮上，然后用香头子点着。她知道烧了戒疤就喝一碗蘑菇汤，让它"发"，还不能躺下，要不停地走动，叫作"散戒"。这些都是明子告诉她的。明子是听舅舅说的。

她一看，和尚真在那里"散戒"，在城墙根底下的荒地里。一个一个，穿了新海青，光光的头皮上都有八个黑点子。——这黑疤掉了，才会露出白白的、圆圆的"戒疤"。和尚都笑嘻嘻的，好像很高兴。她一眼就看见了明子。隔着一条护城河，就喊他：

"明子！"

"小英子！"

"你受了戒啦？"

"受了。"

"疼吗？"

"疼。"

"现在还疼吗？"

"现在疼过去了。"

"你哪天回去？"

"后天。"

"上午？下午？"

"下午。"

"我来接你！"

"好！"

……

小英子把明海接上船。

小英子这天穿了一件细白夏布上衣，下边是黑洋纱的裤子，赤脚穿了一双龙须草的细草鞋，头上一边插着一朵栀子花，一边插着一朵石榴花。她看见明子穿了新海青，里面露出短褂子的白领子，就说："把你那外面的一件脱了，你不热呀！"

他们一人一把桨。小英子在中舱，明子扳艄，在船尾。

她一路问了明子很多话，好像一年没有看见了。

她问，烧戒疤的时候，有人哭吗？喊吗？

明子说，没有人哭。有个山东和尚骂人：

"俺不烧了！"

她问善因寺的方丈石桥是相貌和声音都很出众吗？

"是的。"

"说他的方丈比小姐的绣房还讲究？"

"讲究。什么东西都是绣花的。"

"他屋里很香？"

"很香。他烧的是伽楠香，贵得很。"

"听说他会作诗、会画画、会写字？"

"会。庙里走廊两头的砖额上，都刻着他写的大字。"

"他是有个小老婆吗？"

"有一个。"

"才十九岁？"

"听说。"

"好看吗？"

"都说好看。"

"你没看见？"

"我怎么会看见？我关在庙里。"

明子告诉她，善因寺一个老和尚告诉他，寺里有意选他当沙弥尾，不过还没有定，要等主事的和尚商议。

"什么叫'沙弥尾'？"

"放一堂戒，要选出一个沙弥头，一个沙弥尾。沙弥头要老成，要会念很多经。沙弥尾要年轻、聪明、相貌好。"

"当了沙弥尾跟别的和尚有什么不同？"

"沙弥头、沙弥尾，将来都能当方丈。现在的方丈退居了，就当。石桥原来就是沙弥尾。"

"你当沙弥尾吗？"

"还不一定呐。"

"你当方丈，管善因寺？管这么大一个庙？"

"还早呐！"

划了一气，小英子说："你不要当方丈！"

"好，不当。"

"你也不要当沙弥尾！"

"好，不当。"

又划了一气，看见那一片芦花荡子了。

小英子忽然把桨放下，走到船尾，趴在明子的耳朵旁边，小声地说：

"我给你当老婆，你要不要？"

明子眼睛鼓得大大的。

"你说话呀！"

明子说："嗯。"

"什么叫'嗯'呀！要不要，要不要？"

明子大声地说："要！"

"你喊什么！"

明子小声说："要——！"

"快点划！"

英子跳到中舱，两只桨飞快地划起来，划进了芦花荡。

芦花才吐新穗。紫灰色的芦穗，发着银光，软软的，滑溜溜的，像一串丝线。有的地方结了蒲棒，通红的，像一支一支小蜡烛。青浮萍，紫浮萍。长脚蚊子，水蜘蛛。野菱角开着四瓣的小白花。惊起一只青桩（一种水鸟），擦着芦穗，扑噜噜飞远了。

……

一九八〇年八月十二日，写四十三年前的一个梦

翠 子

夜，像是蹲藏在墙角的青苔深处，这时偷偷地溜了出来，占据了空空的庭院。天上黑郁郁的，星一个一个地挂起来，乍起的风摇动园里的竹叶，这里那里沙沙地响。

家里只有我和大丫头翠子，在屋中玩着，等待父亲回家。

翠子扬起头，凝望着远远的天边，抱在膝上的两手渐渐松了下来。

"又来了！看你那呆样子。翠子，你跟我说个故事好不好？要拣顶顶美丽的。可是你不要再说磨子星和灯草星子，今儿晚上天河里没有多大的风，雾倒挺不少，你看哩，白蒙蒙的，什么也看不出。我怕他们星子也都会迷了路。"

像是没有听见似的，她的眼睛还是睁得那么大，但是我自己听得很清楚，连掠过檐前的蝙蝠一定已都偷听了一两句去了，在她的眼睛里，我看出我有点生气，默默地，我盯着廊下两个淡淡的影子，心里想：不理我，好！看我的比你的也短不了多少。

终于，她跟我讲和了。站起身来，伸手理一理被调皮的风披下来的几丝头发，（用黑夜纺织成的头发！）她说：

"不早了，我给你弄晚饭去。爷大概不会回来吃了。"

爷？爷又不是你的爷，为什么你也这么叫呢？不害羞！叫人家的爷作爷。我心里笑过多少次了，不过我也没有说什么，转进堂屋里去了。堂屋好像比那天都空洞，壁虎在板壁上水渍处慢慢地爬过，但我一点儿都不怕。母亲的棺柩停在这儿时，我还一个人守着一盏长明照路灯（怕被老鼠们喝干了，让妈在黑地里摸索），现在更不怕了；只是桌底下的大黑猫，咕噜咕噜地"念佛"，叫人听得真不好受。我连声地喝："去！去！"它像聋了个耳朵，睬也不睬。想叫声翠子，听厨房里铲子正响得紧，大概加点火，马上就要来了，便想起翠子来的时候黑黑的样子，还穿上双鲤鱼脸的花鞋，带个大红"舌头"，怯生生地，"锅边秀！"于是跟自己笑起来。

吃饭时，我一手拿着筷子，一手拿根纸捻，蘸点儿水，又在灯盏里滚一滚，就火头上毕毕剥剥地烧起来，非常好玩。

"看油点子溅到眼里去，怎么这么皮！"

"哟，真真像个妈？"我想着，小猫儿似的咕咕地笑着。

"爷一早就出去了，这会儿还不回来，老不肯待在家里，把我一个人撇下！"

其实我知道，爷疼一晚上比别人疼我一天都强。而且有翠子伴着我也并不寂寞，但我仍亟亟盼他回来。晚上的风专门往人颈子里钻，邻居王家的那条大花狗，一听到脚步声音就向黑中狂叫，爷难道不怕狗？不怕我因为担心他怕狗而怕狗？

我嘟起了嘴。

"……大白天爷一定又是到你娘的坟上去了。你这个人！看每天衣上都沾了些泥斑，早上的露水多重！"

对了。父亲每晚回来都带着一枝白色的花，这花城里是没有的。人家说是鬼种出来的。母亲的墓园里满开的全是这种花，听爷说过，"这坟地是你娘生前亲自看定的。"风水先生都说这不是吉地，但父亲可坚持要葬在这儿。只是这花是经不起霜打的，白菜渐渐甜了起来，怕这花也没多少日子好活了。我希望明天要父亲带我去看看，花叶的尖尖有没有发红，要是红了，那就快了。

等花都完全憔悴死了，只挂上一些干叶子在风里摇，狗尾草也在风里摇，看父亲还再天天到坟上去不去？

咯咯，一只褪了绿色的小蚂蚱，振翅向灯焰飞来，翠子一挥手把它赶去了。翠子嘴里叽咕着："你为什么不在青草窠里玩着，却迷在这亮亮的一团火里？"

大家都不说话，风掀起壁上的条幅，哗哗地响，我想起父亲近来画也不画，字也不写，连话也不多说，便问翠子：

"爷近来是不是又老了些？下巴的须子长得那么长，刺在人脸上，痒痒的，嗯。怎么回事？想娘，娘不想他也不再想我，睡在地下安安静静。什么也不想。"

"你爹……哦，你明儿早上醒来，叫他莫出去。明儿是他的生日，今年三十了吧。……快吃，看菜都冷了！"

咦！我不是吃完了吗？她一定又想着什么了。连我放下筷子都不晓得，痴痴的，真好玩。今晚上我还要告诉父亲，翠子这两天像丢了魂。她的魂生了翅膀，把翅膀一举，就被风吹到远远的地方去。是一阵什么风？我不知道，翠子也不知道。

翠子收了碗，把折好的爷的衣裳压在衣砖底下，便做起针线来。我倚在她身上，随着她胸前的起伏，我轻轻地唱：

"小白菜呀

点点黄啊，

小小年纪

没了亲娘。

……"

"翠子，底下是什么的？"

"——听，叫门，你爹回来了？"

翠子打了风雨灯，走到黑黑的过道里，我站在可以看到大门的地方等着，看烛火一步步地近了，却是父亲提着的。翠子静静地跟在后面。

父亲一把抱起了我，在颊上亲了我一下，问我为什么还不睡。

"等你！你不疼我，只疼别人家的孩子！"

父亲轻轻叹了声，进到房间里去了。一进房门，便听见屋角喔喔的声音，他问我：

"五更鸡上煮得什么？"

"莲子。翠子在柜子里找出来的，说上好的建莲，再不吃要坏了。天也冷了，爷该吃点滋润清补东西，所以煨了它。让我关照爹，糖在条几上玻璃缸里。"

"哦，——家里，几时还有莲子？"

"谁知几时的……"

"二宝，你睡吧！"

"你呢？"

"我也就要睡了。我很累。"

"我这么大了，自己还不会脱衣裳吗？不要你，不要你！"当父亲要替我解纽子时，我连忙闪开。脱了衣裳，"进窝了，进窝了，进窝啰，"便往被窝里一钻，被盖是翠子新浆洗的，非常暖和，有一点太阳气味，一点米浆气味，和一点（极少一点点）香粉味。

爷只吃几颗莲子，其余的都给我吃了。他叫我不用起来，拿小银匙子一颗颗地喂我。我一边吃，一边看着他的瘦脸：黑了，更瘦了，头发长得那么长，下巴全是青的。这么大的人了，自己不晓得打扮，还要人来照应……

想起一件事，赶忙告诉爷：

"高家伯伯今儿来过了，饭前，一个人坐在客房里等了你老半天，跟我谈了很多话：问我想不想妈？要是想，教爷替你再娶个妈。又把你那支挂着的笛子拿下来吹了半天，他说吹的叫什么《汉宫秋》。爹爹，——你吹得好还是他好？后来翠子给他送上茶，他便不吹了，一个人走来走去地笑笑，还拿纸写了些什么教我拿给你看，字那么草，它认识我，我可一个也不识得它。"

父亲看看那张字条，哈哈地笑起来。笑些什么呢？还那么大的声音。

父亲随后也脱了衣裳睡下，点起一支烟，烟一丝丝地卷起来，满帐子里都是烟雾。

"二宝，你今儿晚上吃的什么菜？"

"青菜虾圆汤。"

"可好吃？"

"好吃，好吃，虾子又新鲜。买来时还活蹦乱跳，青菜是到园上现挑的，在薛大娘园上挑的。翠子说，这样有起水鲜。——哝，爹可晓得薛大娘？翠子新认了她做干妈。今儿大清早，我跟翠子上那儿去，草上露水还没有干，她把鞋都湿透了。我没有，我走道儿挺小心。到那儿薛大娘的儿子大驹子正在浇水，看见我们来了，便笑吟吟地把剩下的半桶水往埂上一搁，替我们下园挑菜去。翠子坐在埂上跟他谈话。薛大娘给了我两个新摘的沙胡桃，我便一个人去找蟋蟀儿去，我蹑着脚走了半天，连个油葫芦的叫声都没听见，才过了白露啊，难道它们就哑了翅子，不好意思再大胆地'呼雌'？爹，你不是告诉过我，蟋蟀儿的叫是呼雌的？找不到，我便掐了几片，芦叶，编成个小船，把她们一只只的送到河中流水里，看哪个流得最远。呜，一阵风把我的船全翻了，河下已经有人淘中饭米，我想已经来了老半天了，便回到园上找翠子去。"

"我一去，他们都没看见，翠子还那么坐着，睁着大眼睛望着天，天上不见雁鹅：喏，就像我这样子，大驹子呢，站旁边，看定翠子的脸。菜篮子里只有两棵。我一叫翠子，他们都不看了，一块儿下园挑菜，大驹子还替我们下河把菜洗得干干净净。"

"嗳，爹，你说翠子为什么老呆呆地望着天，天上有什么？人家说，天上有时会开天门，心里想什么，天门里就有什么！可是这要有福气的人才看得见。翠子是不是个有福气的人？你说。看天门开要在七月初七的晚上，早过了时！翠子一发呆，便不爱说话，不跟我说故事，也不教我唱'白果树，开白花，南面来了个小亲家'了，也不爱跟我来'板凳板凳歪歪，菊花菊花开开'了。我想哭，又怕她笑我。爷，你说说她，要她同我玩玩，不许发呆。"

嗯，父亲不知为什么，这时不理我了，也呆呆的，好像从帐顶可以透过屋顶，看到翠子白天发呆的那个。怎么回事？

"唉，爹，你怎么的？看落了一枕的烟灰。你快睡在灰里了，翠子今天洗枕头时说你烧了那么大一个焦洞，赶明儿什么烧了也不知道。"

父亲对我笑了笑，把灰拍去了些。

"翠子真好，又好看，又待我好，跟妈一样。爹，我们再也不要让她走，教她永远在我们家里！"

"……十九岁了；……明年四月……一个跛子男人……哦，二宝，让她回到自己的家里去吧，她妈就要来带她了，这件事，我不能管！"

爷又叼上一支烟，划了一根火柴，半天都不去点。等火把指头灼痛了，才把火柴扔了。我真不明白，为什么父亲的魂也生了翅膀，向虚空飞。便记得要跟他说，先前翠子提起的话。

"爹，你是不是三十岁了？翠子让你明儿别出去，为你做生日，她办菜！"

"三十了？三十了！为什么是三十呢？管翠子什么事？你也不用管，我不做生日了。二宝你睡吧，明儿要早点起来，跟我到你妈坟上去拜坟。你记不记得，明儿是你妈的忌辰。我要翠子回家，她长大了，留不住。"

为什么要让翠子走呢？我觉得鼻子很酸，忍受不住，我哭了。

父亲把我抱在怀中，脸贴着我的脸："睡吧，半夜了！你听豺狗叫。……"

灯油尽了，火头跳动了几下，熄了。满屋漆黑，柝声敲过三更了。我不知道父亲什么时候方睡。我醒来时，父亲已起了床出院中做深呼吸去了。翠子站在我床边，眼睛红红的。

十一月一日一二日，联大

河 上

在乡下住了这些日子，什么都惯了。在先有些不便，就原谅这是乡下，将就着过去，住了些时，连这些不便都觉不到了，对于乡下的爱慕则未稍减一分，而且变得更固执，他不断在掘发一些更美丽的。

清晨真好，小小的风吹进鲜嫩的叶子里，在里面休息一下，又吹了出来，拂到人脸上，那么顽皮的，要想绷起脸，那简直是不可能，他把嘴唇这么舔了舔，有点无可奈何地望着它们。

田埂上干干净净的，但两旁的草常常想伸头到另一边去看看，带了累累的露珠，脚一碰到，便纷纷地落下来，那么嫩，沾到鞋上不肯再离身，他的脚全湿了，但他毫不注意，还有意去撩拨撩拨。

"山外青山楼外楼，"

他笑了，不知是为了这声音，还是因为这声音所唱出的歌，还是低着头也照样用假嗓子接唱下句：

"情郎哥哥住在村后头。"

"哈哈，李大爹，好嗓子，教你儿媳妇听见不怕笑话吗？"

"城里人还唱这个呢。早，少爷，恁早，敢是？"

"一早上麻雀打架就醒了。下田？小秧子都绿得要滴了，今年年成好，该替你娶二媳妇了。"

"我那二小子才十五哩，噢——，取笑取笑，吓吓，回见，少爷。昨晚上在秧池里又弄到两尾鲫鱼，过会儿跟你送来吧？"

"今儿我上城去一趟，你养在水缸里吧，晚上我自己来拿。你要点什么我给带来，怎么样，还是酒，我知道！"

"不敢领，不敢领，谢谢了。"

他回头看看，老头子笑着走了，还拾起一块石头往河里一丢，又撮起嘴吹起嘹亮的哨子，逗那歇在柳梢上逞能的画眉。

"老东西，你当心跌进河里去，水凉着呐。"

"你！"

他放过老头子，在老头子笑着回头时转了弯。

……

"是什么时候来的现在连那个瘫子王八都认识我了。要不是医生说我神经衰弱我怎么会来呢，这一住真不知到什么时候才回去，我现在才知道乡下人为什么那么看重他们的家。可是他们还一直叫我城里人、城里人、城里人！"

"蛇，蛇，蛇，一条大土谷蛇！"

他猛地吓了一跳，但很快地辨出这是谁的声音，便不怕了。

"你才是蛇，蛇会变个好看的女人迷人，三儿。"

"城里人怕蛇，呵呵……"

三儿不理他，跳蹦着家去了。

迎出来的是王大妈。

"早，少爷，我们马上就要下田了。早饭这就好了，吃了跟我们一块车水去。"

"谁跟他踩，笨手笨脚的，乡下生活他什么也干不好，就学会了唱歌！"

三儿在里面摆着碗筷，大着声音说。

"不给你们去了，白做了一天，工钱也不给，还硬逼人吃豆油炒鸡蛋！王大妈，我今儿要上城去一趟呢。"

早饭摆在桌上，两碗烫饭，一碗清汤蛋。三儿一听他说完那句话，便把鸡蛋抢过来吃。

"不吃蛋，我吃！"

"这死丫头，看噎住了。"

"王大妈，你藏着这么个大姑娘在家里，家神、灶神都不得安宁。也不怕人恨你。"

王大妈笑着坐下了，她心里、脸上有许多话。

"王大妈，我上城去，问你借两样东西，你把那条双舞剑借给我——"

"不借，不借，船是妈的，妈是我的，我不借！"

"不借，我划了就走。"

"我叫乡长拿你。"

"乡长替你做媒呢。"

三儿摔了筷子进她自己的房里去了。妈的早饭还没吃完，她又出来。

"妈，我先下田去了。"

"下田干吗？要换身新衣裳，嗨。"

不理，一溜烟走了。

王大妈到屋后湾头找船，船不在了，岸上还有新渍的水。

"死丫头，把船划到哪儿去了。三儿——三——

儿——"

"三儿。"

转过村头，三儿在哩，一个人，把船摇在河中央，自由自在一身轻，头也不扭，只当什么也没听见。

"我要到越娃沟去采野蔷薇去，不等到船上装不下时不回来！"

"三儿！再不划回来妈要生气了。"

三儿知道妈不会生气，如果妈会生气，三儿就不会把船划了走。

岸上人互相笑笑。

他一直由河岸上赶着，赶到快到越娃沟，才找个地方跳上了船。三儿托地把桨往下一搁，坐到船头上去了。他拾起荡在船尾的两支桨，噙着笑划起来。船渐渐平稳地前进了。

两岸的柳树交拱着，在稀疏的地方露出蓝天，都一桨一桨落到船后去了。野花的香气烟一样地飘过来飘过去，像烟一样地飞升，又沉入草里，融进水里。水里有长长的发藻，不时缠住桨叶，轻轻一抖又散开了。

"三儿，你再不理我，我要跳河了。"

"跳河，跳河，你跳河我就理你。"

他真的跳了。

三儿惊了一下，但记起他游水游得很好，便又安安稳稳地坐着。本来也并未生什么气，不过略有点不高兴，像小小的雾一样，教风一吹早没有了，可是经他一说出生气，倒真不能不生气了。她装得不理他。他知道女孩子在这些事情上不必守信用。

　　她本想坐到后稍来划桨，但觉得船仍旧行着，知道有人在水里推着呢，于是又不动身。

　　水轻轻地向东流，可是靠边的地方有一小股却被激得向西流，乡下人说那是"回溜"。三儿想着一些好笑的事情，她知道自己笑了。一些歌泛在她的心上，不自觉地，她竟轻轻地唱出声了。

　　"三儿，让我上船吧，你唱得那么低，不靠近你的嘴简直就听不见。我浑身都湿透了，再不上来到城都晒不干。"

　　"我唱了吗，我唱了吗？不许上来，上来我拿桨打你。"

　　她不免回头看看，他已经爬上船舷了，船身侧了过来。赶紧到后面来抵住他。

　　小船很调皮地翻了，两个人都落在水里。

　　再把船翻正了，谁也不上船。

　　在水里的人就忘了水上面的事情，三儿咬着嘴唇笑了。

　　"你看！"

受戒

0
4
4

"你看！"

"我们到那边草滩上把衣服晒干了再走吧。"

"你把船拴在草窝里，人家认得那是我家的船。"

滩上的草长得齐齐的，脚踏下去惊起几只蚂蚱，咯咯地飞了，露出绿翅里红的颜色。

衣裳都贴在身上了，三儿很着恼地用手挤出衣上的水，又抹平了。

"不行，你背过脸去，不许看我。"

"好。"

他折下一根蟋蟀草，把根儿咬在嘴里，有点甜，他知道嚼到完全绿的地方便有点苦，但是不嚼到那儿。一根一根地换着嚼，只嚼白里带红的地方。

"喂，你在那儿干什么？"

"我在吃草。"

"吃草，哈，你有什么病，大概是吃草吃出来的，那么粗的胳臂，夹得人直叫妈，脸也晒得跟乡下人一般黑，舞起锄头来比谁也不弱，还成天唱不长进的歌，你，你有病！"

"我本来没有什么病。可是在乡下住了这些时倒真害上一些病，三儿，你不信摸摸我的胸脯，我的心跳得厉害呢。呵，一条大鱼，好大一个水花儿。"

“不早了吧，锣鼓声都找不到了，是午饭时候了。你饿不饿？我不饿。”

“我也不饿，因为你不饿。三儿，你说我这回上城干什么，我几乎有点厌恶城里，既然？”

“我哪知道！”

“你知道！”

“你，哼，你是去看有没有信，那个人的！”

“谁的？”

“那个相信你那些傻话和谎话的人的！”

“谁？”

“谁！谁！谁！那个挂在你桌子前面的那个大照片的人的。”

“随你说吧！”

三儿看他那平板板的脸像腌过一般，忍不住笑了，她的身子随转过的头转过来，用手指往他鼻子上一戳。又笑了。

“衣服都快干了，那一点湿也不要紧了。五月的太阳真够厉害的，上船吧，一会儿叉蛤蟆的该来了。再迟就赶不到城了，还有一半路呢。”

两个人都坐向船尾。互相望了望，坐在左边的用左手划右边的桨，坐在右边的用右手划左边的桨。桨的快慢随着大家呼吸的快慢。一路上非常安稳平静除了谁的头发拂上谁的脸，谁瞪一瞪眼，用自己的身体推一推别人的身体。推不开别人，却推近了自己。

绿柳、蓝天、锣鼓、歌声、风、云、船、桨，都知趣得让人忽视他们的存在。

吓，城楼的影子展开了，青色。平凡又微丑的。

"三儿，到我家，我掐许多花给你。现在能开的花我家的园里都有。"

"我不要，你家那条大黄狗也看不起乡下人，我不去。小姐们会说我要是换上旗袍多好，我不愿而且你家里知道你成天跟我们乡下女孩儿玩，一定要骂你，他们会马上要你搬回去。啊，到码头了，你到前面去插上船桩。我的脸红不红？"

"不，不要插上船桩，划回去，我不要回家了。"

"唔？"

"你等等，我跳上去买一点吃的来。"

"唔？"

码头上有各色的颜面与计谋，有各种声音与手势，城里的阴沟汇集起来，成了不小的数股流入河里。一会儿是屠宰户的灰红色，一会儿是染布坊的紫色，还有许多夹杂物，这么源远深长的流着使其出口处不断堆积起白色的泡沫。三儿看着，想这些污水会渐渐带到乡下去的，是的，会带去……

"这是甜瓜，这不是你喜欢的牛角酥吗？你划船，我替你剥去瓜子，剥了瓜皮。三儿，你看月亮已经上来。浮萍上有萤火虫在住家了。"

小船刺破了流银的梦。

"三儿，我将永远不回城里。"

"永远住在乡下。妈会煮了新剥的毛豆等我们，还有茄子，还有虾，还有豆油炒鸡蛋，哈哈。"

纳凉的扇子下有安逸。

拴上船，三儿奔向妈的怀里。

"三儿，你的新衣裳怎么皱成这样子？"

"李老爹来过一趟，送来两条鲫鱼，我给你们清炖了。"

"哦，酒忘了。……"

"王大妈，我明儿不再教三儿认字了。认了字要变坏的，变得和城里女人一样坏。她已经会逼人，逼得人差点儿想哭——啊，你看柳条，拖在水里，直扫得浮萍们不得安身呢。"

七月二十日

庙 与 僧

我的行李已经由人先放在我要住的房间里去了，我就一直走到方丈找"当家的"和尚。当家的早已经迎了出来。这个和尚整个可以用一个"黄"字括尽了。第一，他胖得很，说胖还不大对，应当说肉多得很。腮帮子坠坠的，脑后长平了又打了折，连上下眼睑都"厚夺夺的"，这么样，他不有个向外翻出的双料嘴唇，那就是不合理了。不过他的肉可不像一般胖子一样细软，似乎都割下来搁了几天再合到一块儿去的。这周身陈肉上一个一个毛孔都清清楚楚。于是，我想，你总不能再不想起你自己上菜场买小菜的那段生活了。这个胖和尚直在我面前发黄。他从头到脚都是黄的。和尚头刮过不久，直裰敞开，而脚下一双僧鞋是趿着的。僧鞋踏在脚跟的一块已经发一种深沉的油光。是夏天，他不穿袜子。说真的，最唤起我的黄的印象的是他那双肥脚，我一辈子没见过那么黄的脚。他就从肿肿的脚踵一直黄上去。黄，而发暗，不反光。没有办法，我相信，就把这个和尚切开了，里边的肉也都这种暗黄色。——我所说"黄"已经括尽了他，是主张胖也可以含在黄里的。不过人家是"当家的"，我们不应随便叫他个什么，得称呼一声"当家"，尽管他胖而且黄，是吧？

当家和尚领我进了方丈，把他两个猪眼睛摆在我面前。这真是一个"方丈"，不能更大。一张大床占去一半。床是乡下新娘子房里可以见到的雕花大床，庙里这样床计有四张。床上粗夏布印花帐子，印的是梅兰竹菊蓝颜色的花。米缸，酒壶，咸菜坛子，一副"经担子"。后来一次当家的招呼一个老太婆："你怎么老不到庙里来坐坐？"老太婆说："你那个房子，哈巴狗都转不过身来！"她实在没有念过书，不知道有"厅事前不容旋马"这句话，她不是抄袭。当家的案上摊得一本草纸钉的账簿。一支笔正从左上角斜斜地滚过右下角。和尚请我抽一支烟，他自己则呼呼噜噜吹起水烟袋。这个方丈里充满各种气味。这些气味我并不陌生。而当我想着如何送当家的一张香烟广告的美人图的时候，我实在不能不抬起头来看看，因为我又辨出一种气味来了；果然，一大块咸肉挂在梁上！天大概要变了，咸肉上全浸浸地发潮。地下是一块油渍，就在我椅子旁边。而一颗琥珀色油珠正凝在末端，要滴不滴的。我等着等着，半天半天，想等到听见嗒的一声就起身出来。——我希望你对这块咸肉不要大惊小怪，像我当初一样。庙里还养的三口小猪，准备过年时卖去两只，留一只自己杀了吃呢。

方丈在正殿的旁边。殿上一般供着三世佛，有鱼鼓磬钹。这殿上，在我住在庙里那么些日子之中，只有一次显得极其庄严，他们给一家拜梁王忏的那一次。庙里和尚一齐出动，还请来几个客僧，都披挂得整整齐齐，唱了好几天。屋上拖下长长的幡，炉里烧起降香，蒲团上遮了帔垫，和尚像个和尚，庙像个庙，其余的时候只是那三尊佛冷清清坐着。早晨黄昏，有个小和尚做功课。一个人矮矮地跪在长凳上，点了香，看了油，敲磬三声，含含糊糊地念起来，不知什么道理，听来颇觉哀楚。

小和尚十一二岁。虽穿了和尚衣服，可是赤着脚。

坐在屋里总听见他赤脚打在天井石板上啪啪地响。那是他跟一条狗闹着玩，或是他追黄狗，或让黄狗追他。这孩子不大见他上树捉知了，下河摸虾。比普通庄稼孩子文气得多，无野像。虽然当家和尚说他淘气得很，常常打他。一挨打，他就伏在门口布袋和尚脚下悠悠地哭，一哭半天。黄狗就扑在门槛旁边看着他。只有过年那几天我见他兴奋过一阵子。外面许多孩子跑到庙里来滚钱，他也参加了，而且似乎赢了几个。他告诉我以前还有一个小和尚，是他师兄。一天在门外河里洗澡，教水鬼拉下去了。半夜三更，现在，有时听见外面水车响动，那是他师兄踩着玩。门口那架车，他们以前老踩，河边田是庙里的。这小和尚，你知道你很懂得寂寞吗？你一定想开门出去看看的。

庙里大和尚一共三个。当家的，二师父，——乡下多叫他为二当家的，他的上下我不记得了，以小和尚口气，称之为二师父，还有一个，被称为能师父。所以有这么一个比较特别的称呼，是因为他不是在本庙出家的。

这能师父头上是否有疤，想不起了。我觉得他似乎尚未受戒，也许已经受过戒，我如此觉得是希望他可以随时还俗罢了。听小和尚说，他不是这里的人，虽然因为在这庙里住了很久，说话已经与别的和尚一样，听不出外乡口音。这家伙衣服总是挺挺括括，腰是腰，缝是缝，哪怕是一件旧的，也称身合样。听说他还有个本领，是能够"飞铙"。这在盂兰会焰口中可以见到。是用两片大铙耍出许多花样，或让它在手指顶上的溜溜转；或哗啦啦掷向半天，用手或铙接住，反身背手，丢挡叉腰，百无一失。这玩意城里大户人家不兴，大庙里和尚也不会。做盂兰会的多是湖西和尚。这能飞铙的和尚又必皆会吹笛拉胡琴，唱百种时调小曲。这在盂兰会人神共乐时用得着的。这和尚透着一股机灵鬼巧。若说他能不沾染什么事情，教人不信。他如何会住到这么一个乡下小庙里来，就当有些缘故，绝不是普通行脚挂单。能师父身材属于"三料个子"，不高不矮，薄薄的嘴唇，手上一个金戒指，袈裟多是绸的。真的，他要是留起来，一头好头发！当家的对于这么一个外客是否欢迎，不得而知。不过那些时候倒也相安无事。当家的对于能师父的爱憎只在牌桌上看得出来。

乡下法事少，长日清闲。当家的把几天来的旧账画一画，算算离收租尚远，到殿上扬声叫能师父。能师父正用修脚刀修他左边脚掌的一片老皮子，心里正想，到时候了，怎么还……，一听那个像闷在木桶里的叫唤，即放下小刀，拂去脚皮，枕头下抽出一卷票子，挑了两张破烂的，回答一声"来了。"大殿上现成有吃饭桌子，不用搭。好，打牌了。其实村上两个闲汉照例来得正巧，庙里有一副二十年老麻将，骨子面子虽有些地方脱了节，用糯米饭粘过，粘过又脱；一张二万是后补的，是张花；不过大家摸起来都顺手。也有时斗纸牌，可是簇新的江源记，三星都是加金的。我有时也到他们后头去看看，当家教我学学，说是"不难的，多用点脑筋就会了。"而正在这时他漏碰了一张绝七万。他们对于每一张牌都有一个特别称呼，这自然又多是"荤的"，与女人有关系。当家的跟我一样，不大了然。我看见能师父打了一张五索，说："女学生，花钱买不到的！"可怜当家的就只顾抽烟，把一副二五八平胡给错过了。大概除因特殊事故，上午十点到下午五六点，十六圈，闲汉散了。能师父回房，数数今天赢的，又连枕下的一齐掏出来，十块五块各放一处，叠好了锁到箱子里去。当家的则颇为不好的牌运弄得有点累了，不说话，独自坐在零乱的牌桌上，怅怅地鼓起眼睛，一副清一色，清一色，三条一张也没有现呀，……直到一个花脚大蚊子在他耳朵上狠狠地啄了一口，才找了半天，找到那双鞋子，捧了个水烟袋回方丈。

二师父若是回来，则牌桌上三个光头，二师父圆圆的，眉眼口鼻都无棱角，而且一脸是笑。二师父比能师父高大，没有当家的肉多，面色红润，额门发光。他穿得整整齐齐，一个纽子都不缺，当胸一挂大念珠，鞋底都是白的。他身上东西多半是杭州货。二师父回来，一家，应当说一庙，不，还是说一家吧，一家都欢喜。小和尚第一个奔出去又奔进来，手上一个包袱，包袱里有他的芝麻饼。能师父，当家的，都上二师父屋里去了，连那个老香火道人都兴冲冲去打洗脸水，二师父那条雪白的毛巾招他爱。二师父难得回来住几天。二师父另外"有"个庙，弄得很"得法"，春上才募了一个殿子，又给菩萨开了光。有一次仿佛听说要给能师父也"弄"一个，结果不详。我与二师父见面多，因为我也有时不在庙里。

有一天，我正在庙后看小牛吃奶，小和尚来叫我。

"哎，去看，二师父回来了。"

二师父实在不比这个小牛好看，我说我不去。听说这回回来要住一阵，总要见到的。

"哎，二师父把师母接来了！"

这可实在有点出乎我意想之外。

这个，这个什么呢？这倒真难称呼，……好吧，这个女人，这个女人高高的身材，穿一身黑香云拷纱衫裤，襟头挂一枝白兰花，脑门绞得齐齐的，长长的眼睛，有点吊，嘴里两个金牙，正坐在雕花木床前半低着头喝茶。二师父则用他的雪白的毛巾洗脸，一瓶双妹老牌花露水。——这女人我想是个寡妇。他一直住在庙里，到我走了她还没走。

你奇怪，我怎么弄到那么一个庙里住了好几个月？你大概还想知道我终天做些什么事情，这我一时都无从回答你。事情一晃就八九年了，我有时也想想。当家的大概总死掉了，我似乎看见他黄黄地坐在一口缸里。现在当家的应当是小和尚。能师父想是没有还俗，多半是离开到别处去了，我仿佛很能知道他打叠打叠东西，背上，跨下一只船时的心。至于二师父，他应该有两个儿子了。我还想知道那个小小院子如何了。院在殿后，迤东有两间屋，我住。有两个小门，可以关死，与外面隔绝，门上两行墨书：

一人一世界
三邈三菩提

我闲常出来走走，则从另外一个圆门回来，经过三个小石塔，那是和尚的坟。院中夏天绿杨中知了极多，现在该落满一院桐叶了吧。桐叶落在我的屋瓦上哗啦啦响。再我很怀念那个老香火道人，他须眉皆白，一腿筋疙瘩，终年在门前打草鞋，我没有听他说过一句话。若要坐船，招呼他，立刻给拿桨。船扁而小，通身漆成红色，坐到那里去，一望而知是庙里的。呵，才起水的鱼，多鲜的菱角……

桥边小说三篇

詹大胖子

詹大胖子是五小的斋夫。五小是县立第五小学的简称。斋夫就是后来的校工、工友。詹大胖子那会儿，还叫作斋夫。这是一个很古的称呼。后来就没有人叫了。"斋夫"废除于何时，谁也不知道。

詹大胖子是个大胖子。很胖，而且很白，是个大白胖子。尤其是夏天，他穿了白夏布的背心，露出胸脯和肚子，浑身的肉一走一哆嗦，就显得更白，更胖。他偶尔喝一点酒，生一点气，脸色就变成粉红的，成了一个粉红脸的大白胖子。

五小的校长张蕴之、学校的教员——先生，叫他詹大。五小的学生叫他的时候必用全称：詹大胖子。其实叫他詹胖子也就可以了，但是学生都愿意叫他詹大胖子，并不省略。

一个斋夫怎么可以是一个大胖子呢？然而五小的学生不奇怪。他们都觉得詹大胖子就应该像他那样。他们想象不出一个瘦斋夫是什么样子。詹大胖子如果不胖，五小就会变样了。詹大胖子是五小的一部分。他当斋夫已经好多年了。似乎他生下来就是一个斋夫。

詹大胖子的主要职务是摇上课铃、下课铃。他在屋里坐着。他有一间小屋，在学校一进大门的拐角，也就是学校最南端。这间小屋原来盖了是为了当门房即传达室用的，但五小没有什么事可传达，来了人，大摇大摆就进来了，詹大胖子连问也不问。这间小屋就成了詹大胖子的宿舍。他在屋里坐着，看看钟。他屋里有一架挂钟。这学校有两架挂钟，一架在教务处。詹大胖子一早起来第一件事便是上这两架钟。喀拉喀拉，上得很足，然后才去开大门。他看看钟，到时候了，就提了一只铃铛，走出来，一边走，一边摇：叮当、叮当、叮当……从南头摇到北头。上课了。学生奔到教室里，规规矩矩坐下来。下课了！詹大胖子的铃声摇得小学生的心里一亮。呼——都从教室里蹿出来了。打秋千、踢毽子、拍皮球、抓子儿……

詹大胖子摇坏了好多铃铛。

后来，有一班毕业生凑钱买了一口小铜钟，送给母校留纪念，詹大胖子就从摇铃改为打钟。

一口很好看的钟，黄铜的，亮晶晶的。

铜钟用一条小铁链吊在小操场路边两棵梧桐树之间。铜钟有一个锤子，悬在当中，锤子下端垂下一条麻绳。詹大胖子扯动麻绳，钟就响了：当、当、当、当……钟不打的时候，麻绳绕在梧桐树干上，打一个活结。

梧桐树一年一年长高了。钟也随着高了。

五小的孩子也高了。

詹大胖子还有一件常做的事，是剪冬青树。这个学校有几个地方都栽着冬青树的树墙子。大礼堂门前左右两边各有一道，校园外边一道，幼稚园门外两边各有一道。冬青树长得很快，过些时，树头就长出来了，参差不齐，乱蓬蓬的。詹大胖子就拿了一把很大的剪子，两手执着剪子把，吧嗒吧嗒地剪，剪得一地冬青叶子。冬青树墙子的头平了，整整齐齐的。学校里于是到处都是冬青树嫩叶子的清香的气味。

詹大胖子老是剪冬青树。一个学期得剪几回。似乎詹大胖子所做的主要的事便是摇铃——打钟，剪冬青树。

詹大胖子很胖，但是剪起冬青树来很卖力。他好像跟冬青树有仇，又好像很爱这些树。

詹大胖子还给校园里的花浇水。

这个校园没有多大点。冬青树墙子里种着羊胡子草。有两棵桃树，两棵李树，一棵柳树，有一架十姊妹，一架紫藤。当中圆形的花池子里却有一丛不大容易见到的铁树。这丛铁树有一年还开过花，学校外面很多人都跑来看过。另外就是一些草花，剪秋罗、虞美人……还有一棵鱼儿牡丹。詹大胖子就给这些花浇水。用一个很大的喷壶。

秋天，詹大胖子扫梧桐叶。学校有几棵梧桐。刮了大风，刮得一地的梧桐叶。梧桐叶子干了，踩在上面沙沙地响。詹大胖子用一把大竹扫帚扫，把枯叶子堆在一起，烧掉。黑的烟，红的火。

詹大胖子还做什么事呢？他给老师烧水。烧开水，烧洗脸水。教务处有一口煤球炉子。詹大胖子每天生炉子，用一把芭蕉扇嗯哒嗯哒地扇。煤球炉子上坐一把白铁壶。

他还帮先生印考试卷子。詹大胖子推油印机滚子，先生翻页儿。考试卷子印好了，就把蜡纸点火烧掉。烧油墨味儿飘出来，坐在教室里都闻得见。

每年寒假、暑假，詹大胖子要做一件事，到学生家

桥边小说三篇

0
6
1

去送成绩单。全校学生有二百人，詹大胖子一家一家去送。成绩单装在一个信封里，信封左边写着学生的住址、姓名，当中朱红的长方框里印了三个字："贵家长"。右侧下方盖了一个长方图章："县立第五小学"。学生的家长是很重视成绩单的，他们拆开信封看：国语98，算术86……看完了就给詹大胖子酒钱。

詹大胖子和学生生活最直接有关的，除了摇上课铃、下课铃，——打上课钟、下课钟之外，是他卖花生糖、芝麻糖。他在他那间小屋里卖。他那小屋里有一个一面装了玻璃的长方匣子，里面放着花生糖、芝麻糖。詹大胖子摇了下课铃，或是打了上课钟，有的学生就趁先生不注意的时候，溜到詹大胖子屋里买花生糖、芝麻糖。

詹大胖子很坏。他的糖比外面摊子上的卖得贵。贵好多！但是五小的学生只好跟他去买，因为学校有规定，不许"私出校门"。

校长张蕴之不许詹大胖子卖糖，把他叫到校长室训了一顿。说：学生在校不许吃零食；他的糖不卫生；他赚学生的钱，不道德。

但是詹大胖子还是卖，偷偷地卖。他摇下课铃或打上课钟的时候，左手捏着花生糖、芝麻糖，藏在袖筒里。有学生要买糖，走近来，他就做一个眼色，叫学生随他到校长、教员看不到的地方，接钱，给糖。

五小的学生差不多全跟詹大胖子买过糖。他们长大了，想起五小，一定会想起詹大胖子，想起詹大胖子卖花生糖、芝麻糖。

詹大胖子就是这样，一年又一年，过得很平静。除了放寒假，放暑假，他回家，其余的时候，都住在学校里。——放寒假，学校里没有人。下了几场雪，一个学校都是白的。暑假里，学生有时还到学校里玩玩。学校里到处长了很高的草。

每天放了学，先生、学生都走了，学校空了。五小就剩下两个人，有时三个。除了詹大胖子，还有一个女教员王文蕙。有时，校长张蕴之也在学校里住。

王文蕙家在湖西，家里没有人。她有时回湖西看看亲戚，平时住在学校里。住在幼稚园里头一间朝南的小房间里。她教一年级、二年级算术。她长得不难看，脸上有几颗麻子，走起路来步子很轻。她有一点奇怪，眼睛里老是含着微笑。一边走，一边微笑。一个人笑。笑什么呢？有的男教员背后议论：有点神经病。但是除了老是微笑，看不出她有什么病，挺正常的。她上课，跟别人没有什么不同。她教加法、减法，领着学生念乘法表：

一一得一，

一二得二，

二二得四……

下了课，走回她的小屋，改学生的练习。有时停下笔来，听幼稚园的小朋友唱歌：

小羊儿乖乖，

把门儿开开，

快点儿开开，

我要进来……

晚上，她点了煤油灯看书。看《红楼梦》《花月痕》、张恨水的《金粉世家》、李清照的词。有时轻轻地哼《木兰辞》。"唧唧复唧唧，木兰当户织……"有时给她在女子师范的老同学写信。写这个小学，写十姊妹和紫藤，写班上的学生都很可爱，她跟学生在一起很快乐，还回忆她们在学校时某一次春游，感叹光阴如流水。这些信都写得很长。

校长张蕴之并不特别的凶，但是学生都怕他。因为他可以开除学生。学生犯了大错，就在教务处外面的布告栏里贴出一张布告：学生某某某，犯了什么过错，着即开除学籍，"以维校规，而警效尤，此布"，下面盖着校长很大的签名戳子："张蕴之"。"张蕴之"三个字有一种看不见的力量。

他也教一班课，教五年级或六年级国文。他念课文的时候摇晃脑袋，抑扬顿挫，有声有色，腔调像戏台上老生的道白。"晋太原中，武陵人，捕鱼为业……""一路秋山红叶，老圃黄花，不觉到了济南地界。到了济南，只见家家泉水，户户垂杨……"

他爱写挽联。写好了，就用按钉钉在教务处的墙上，让同事们欣赏。教员们就都围过来，指手画脚，称赞哪一句写得好，哪几个字很有笔力。张蕴之于是非常得意，但又不太忘形。他简直希望他的亲友家多死几个人，好使他能写一副挽联送去，挂起来。

他有家。他有时在家里住，有时住在学校里，说家里孩子吵，学校里清静，他要读书，写文章。

有时候，放了学，除了詹大胖子，学校里就剩下张蕴之和王文蕙。

王文蕙常常一个人在校园里走走，散散步。王文蕙散完步，常常看见张蕴之站在教务处门口的台阶上。王文蕙向张蕴之笑笑，点点头。张蕴之也笑笑，点点头。

王文蕙回去了，张蕴之看着她的背影，一直看到王文蕙走进幼雅园的前门。

张蕴之晚上读书。读《聊斋志异》《池北偶谈》《两般秋雨庵随笔》《曾文正公家书》《板桥道情》《绿野仙踪》《海上花列传》……

校长室的北窗正对着王文蕙的南窗，当中隔一个幼雅园的游戏场。游戏场上有秋千架、压板、滑梯。张蕴之和王文蕙的煤油灯遥遥相对。

一天晚上，张蕴之到王文蕙屋里去，说是来借字典。王文蕙把字典交给他。他不走，东拉西扯地聊开了。聊《葬花词》，聊"寻寻觅觅，冷冷清清，凄凄惨惨戚戚。"王文蕙不知道他要干什么，心里怦怦地跳。忽然，"噗！"张蕴之把煤油灯吹熄了。

张蕴之常常在夜里偷偷地到王文蕙屋里去。

这事瞒不过詹大胖子。詹大胖子有时夜里要起来各处看看。怕小偷进来偷了油印机、偷了铜钟、偷了烧开水的白铁壶。

詹大胖子很生气。他一个人在屋里悄悄地骂："张蕴之！你不是个东西！你有老婆，有孩子，你干这种缺德的事！人家还是个姑娘，孤苦伶仃的，你叫她以后怎么办，怎么嫁人！"

这事也瞒不了五小的教员。因为王文蕙常常脉脉含情地看张蕴之，而且她身上洒了香水。她在路上走，眼睛里含笑，笑得更加明亮了。

有一天，放学时，有一个姓谢的教员路过詹大胖子的小屋时，走进去，对他说："詹大，你今天晚上到我家里来一趟。"詹大胖子不知道有什么事。

姓谢的教员是个纨绔子弟，外号谢大少。学生给他编了一首顺口溜：

　　谢大少，

　　捉虼蚤。

　　虼蚤蹦，

　　他也蹦，

　　他妈说他是个大无用！

谢大少家离五小很近，几步就到了。

谢大少问了詹大胖子几句闲话，然后，问：

"张蕴之夜里是不是常常到王文蕙屋里去？"

詹大胖子一听，知道了：谢大少要抓住张蕴之的把柄，好把张蕴之轰走，他来当五小校长。詹大胖子连忙说："没有！没有的事！没有的事不能瞎说！"

詹大胖子不是维护张蕴之，他是维护王文蕙。

从此詹大胖子卖花生糖、芝麻糖就不太避着张蕴之了。

詹大胖子还是当他的斋夫，打钟、剪冬青树、卖花生糖、芝麻糖。

后来，张蕴之到四小当校长去了，王文蕙到远远的一个镇上教书去了。

后来，张蕴之死了，王文蕙也死了（她一直没有嫁人）。詹大胖子也死了。

这城里很多人都死了。

一九八五年十一月二十日

幽 冥 钟

"姑苏城外寒山寺，夜半钟声到客船。"很早很早以前（大概从宋朝开始）就有人提出过怀疑，认为夜半不是撞钟的时候。我从小就觉得很奇怪：为什么夜半不是撞钟的时候呢？我的家乡就是夜半撞钟的。而且只有夜半撞。半夜，子时，十二点。别的时候，白天，还听不到撞钟。"暮鼓晨钟"。我们那里没有晨钟，只有夜半钟。这种钟，叫作"幽冥钟"。撞钟的是承天寺。

关于承天寺，有一个传说。传说张士诚是在这里登基的。张士诚是泰州人。泰州是我们的邻县。史称他是盐贩出身。盐贩，即贩私盐的。中国的盐，秦汉以来，就是官卖。卖盐的店，称为"官盐店"。官盐税重，价昂。于是有人贩卖私盐。卖私盐是犯法的事。这种人都是亡命之徒，要钱不要命。遇到缉私的官兵，便要动武。这种人在官方的文书里被称为"盐匪"。瓦岗寨的程咬金就贩过私盐。在苏北里下河一带，一提起"私盐贩子"或"贩私盐的"，大家便知道这是什么角色。张士诚就是这样一个角色。元至正十三年，他从泰州起事，打到我的家乡高邮。次年，称"诚王"，国号"周"。我的家乡还出过一位皇帝（他不是我们县的人，但称王却是在我们县），这实在应该算是我们县历史上的第一号大人物。我们县的有名人物最古的是秦王子婴。现在还有一条河，叫子婴河。以后隔了很多年，出了一个秦少游。再以后，出了王念孙、王引之父子。但是真正叱咤风云的英雄，应该是张士诚（后来打到江南苏州、无锡一带，把大画家倪云林捆起来打了一顿的就是这位老兄）。可是我前几年回乡，翻看县志，关于张士诚，竟无一字记载，真是怪事！

但是民间有一些关于张士诚的传说。

张士诚在承天寺登基，找人来写承天寺的匾。来了很多读书人。他们提起笔来，刚刚写了两笔，就叫张士诚拉出去杀了。接连杀了好几个。旁边的人问他："为什么杀他们？"张士诚说："你看看他们写的是什么？'了'，是个了字！才当皇帝就'了'了！"后来来了个读书人。他先写了一个"王"字，再写了左边的"ㄱ"，右边的"ㄴ"，再写上边的"一"，然后一竖到底。张士诚一看大喜，连说："这就对了！——先称王，左有文臣，右有武将，戴上平天冠，皇基永固，一贯到底！——赏！"

我小时读的小学就在承天寺的旁边，每天都要经过承天寺，曾经细看过承天寺山门的石刻的匾额，发现上面的"承"字仍是一般笔顺，合乎八法的"承"字，没有先称王、左文右武、戴了皇冠、一贯到底的痕迹。

我也怀疑张士诚是不是在承天寺登的基，因为承天寺一点也看不出曾经是一座皇宫的格局。

承天寺在城北西边，挨近运河。城北的大寺共有三座。一座善因寺，庙产甚多，最为鲜明华丽，就是小说《受戒》里写的明海受戒的那座寺。一座是天王寺，就是陈小手被打死的寺。天王寺佛事较盛。寺西门外有一片空地，时常有人家来"烧房子"。烧房子似是我乡特有的风俗。"房子"是纸扎店扎的，和真房子一样，只是小一些。也有几层几进，有堂屋卧室，房间里还有座钟、水烟袋，日常所需，一应俱全。照例还有一个后花园，里面"种"着花（纸花）。房子立在空地上，小孩子可以走进去参观。房子下面铺了一层稻草。天王寺的和尚敲着鼓磬铙钹在房子旁边念一通经（不知道是什么经），这一家的一个男丁举火把房子烧了，于是这座房子便归该宅的先人冥中收用了。天王寺气象远不如善因寺，但房屋还整齐，——因此常常驻兵。独有承天寺，却相当残破了。寺是古寺。张士诚在这里登基，虽不可靠，但说不定元朝就已经有这座寺。

一进山门，哼哈二将和四大天王的颜色都暗淡了。大雄宝殿的房顶上长了好些枯草和瓦松。大殿里很昏暗，神龛佛案都无光泽，触鼻是陈年的香灰和尘土的气息。一点声音都没有，整座寺好像是空的。偶尔有一两个和尚走动，衣履敝旧，神色凄凉。——不像善因寺的和尚，一个一个，都是红光满面的。

大殿西侧，有一座罗汉堂。罗汉也多年没有装金了。长眉罗汉的眉毛只剩了一只，那一只不知哪一年脱落了，他就只好捻着一只单独的眉毛坐在那里。罗汉堂外面，有两棵很大的白果树，有几百年了。夏天，一地浓荫。冬天，满阶黄叶。

罗汉堂东南角有一口钟，相当高大。钟用铁链吊在很粗壮的木架上。旁边是从房梁挂下来的撞钟的木杵。钟前是一尊地藏菩萨的一尺多高的金身佛像。地藏菩萨戴着毗卢帽，跏趺而坐，低眉闭目，神色慈祥。地藏菩萨前面点着一盏小油灯，灯光幽微。

在佛教的菩萨里，老百姓最有好感的是两位。一位是观世音菩萨，因为他（她）救苦救难。另一位便是地藏菩萨。他是释迦灭后至弥勒出现之间的救度天上以至地狱一切众生的菩萨。他像大地一样，含藏无量善根种子。他是地之神，是一位好心的菩萨。

为什么在钟前供着一尊地藏菩萨呢？因为这钟在半夜里撞，叫"幽冥钟"，是专门为难产血崩而死的妇人而撞的。不知道为什么，人们以为血崩而死的女鬼是居处在最黑最黑的地狱里的，——大概以为这样的死是不洁的，罪过最深。钟声，会给她们光明。而地藏菩萨是地之神，好心的菩萨，他对死于血崩的女鬼也会格外慈悲的，所以钟前供地藏菩萨，极其自然。

撞钟的是一个老和尚。相貌清癯，高长瘦削。他已经几十年不出山门了。他就住在罗汉堂里。大钟东侧靠墙，有一张矮矮的禅榻，上面有一床薄薄的蓝布棉被，这就是他的住处。白天，他随堂粥饭，洒扫庭除。半夜，起来，剔亮地藏菩萨前的油灯，就开始撞钟。

钟声是柔和的、悠远的。

"咚——嗡……嗡……嗡……"

钟声的振幅是圆的。"咚——嗡……嗡……嗡……"一圈一圈地扩散开。就像投石于水，水的圆纹一圈一圈地扩散。

"咚——嗡……嗡……嗡……"

钟声撞出一个圆环，一个淡金色的光圈。地狱里受难的女鬼看见光了。她们的脸上现出了欢喜。"嗡……嗡……嗡……"金色的光环暗了，暗了，暗了……又一声，"咚——嗡……嗡……嗡……"又一个金色的光环。光环扩散着，一圈，又一圈……

夜半，子时，幽冥钟的钟声飞出承天寺。

"咚——嗡……嗡……嗡……"

幽冥钟的钟声扩散到了千家万户。

正在酣睡的孩子醒来了，他听到了钟声。孩子向母亲的身边依偎得更紧了。

承天寺的钟，幽冥钟。

女性的钟，母亲的钟……

一九八五年十二月四日中午，飘雪

茶　干

　　家家户户离不开酱园。开门七件事，柴米油盐酱醋茶，倒有三件和酱园有关：油、酱、醋。

　　连万顺是东街一家酱园。

　　他家的门面很好认，是个石库门。麻石门框，两扇大门包着铁皮，用铁钉钉出如意云头。本地的店铺一般都是"铺闼子门"，十二块、十六块门板，晚上上在门槛的槽里，白天卸开。这样的石库门的门面不多。城北只有那么几家。一家恒泰当，一家豫丰南货店。恒泰当倒闭了，豫丰失火烧掉了。现在只剩下北市口老正大棉席店和东街连万顺酱园了。这样的店面是很神气的。尤其显眼的是两边白粉墙的两个大字。黑漆漆出来的。字高一丈，顶天立地，笔画很粗。一边是"酱"，一边是"醋"。这样大的两个字！全城再也找不出来了。白墙黑字，非常干净。没有人往墙上贴一张红纸条，上写："出卖重伤风，一看就成功"；小孩子也不在墙上写："小三子，吃狗屎"。

　　店堂也异常宽大。西边是柜台。东边靠墙摆了一溜豆绿色的大酒缸。酒缸高四尺，莹润光洁。这些酒缸都是密封着的。有时打开一缸，由一个徒弟用白铁唧筒把酒汲在酒坛里，酒香四溢，飘得很远。

往后是一个很大的院子，青砖铺地，整整齐齐排列着百十口大酱缸。酱缸都有个帽子一样的白铁盖子。下雨天盖上。好太阳时揭下盖子晒酱。有的酱缸当中掏出一个深洞，如一小井。原汁的酱油从井壁渗出，这就是所谓"抽油"。西边有一溜走廊，走廊尽头是一个小磨坊。一头驴子在里面磨芝麻或豆腐。靠北是三间瓦屋，是做酱菜、切萝卜干的作坊。有一台锅灶，是煮茶干用的。

从外往里，到处一看，就知道这家酱园的底子是很厚实的。——单是那百十缸酱就值不少钱！

连万顺的东家姓连。人们当面叫他连老板，背后叫他连老大。都说他善于经营，会做生意。

连老大做生意，无非是那么几条：

第一，信用好。连万顺除了做本街的生意，主要是做乡下生意。东乡和北乡的种田人上城，把船停在大淖，拴好了船绳，就直奔连万顺，打油、买酱。乡下人打油，都用一种特制的油壶，广口，高身，外面挂了酱黄色的釉，壶肩有四个"耳"，耳里拴了两条麻绳作为拎手，不多不少，一壶能装十斤豆油。他们把油壶往柜台上一放，就去办别的事情去了。等他们办完事回来，油已经打好了。油壶口用厚厚的桑皮纸封得严严的。桑皮纸上盖了一个墨印的圆印："连万顺记"。乡下人从不怀疑油的分量足不足，成色对不对。多年的老主顾了，还能有错？他们要的十斤干黄酱也都装好了。装在一个元宝形的粗篾浅筐里，筐里衬着荷叶，豆酱拍得实实的，酱面盖了几个红曲印的印记，也是圆形的。乡下人付了钱，提了油壶酱筐，道一声"得罪"，就走了。

第二，连老板为人和气。乡下的熟主顾来了，连老板必要起身招呼，小徒弟立刻倒了一杯热茶递了过来。他家柜台上随时点了一架盘香，供人就火吸烟。乡下人寄存一点东西，雨伞、扁担、箩筐、犁铧、坛坛罐罐，连老板必亲自看着小徒弟放好。有时竟把准备变卖或送人的老母鸡也寄放在这里。连老板也要看着小徒弟把鸡拎到后面廊子上，还撒了一把酒糟喂喂。这些鸡的脚爪虽被捆着，还是卧在地上高高兴兴地啄食，一直吃到有点醉醺醺的，就闭起眼睛来睡觉。

连老板对孩子也很和气。酱园和孩子是有缘的。很多人家要打一点酱油，打一点醋，往往派一个半大孩子去。妈妈盼望孩子快些长大，就说："你快长吧，长大了好给我打酱油去！"买酱菜，这是孩子乐意做的事。连万顺家的酱菜样式很齐全：萝卜头、十香菜、酱红根、糖醋蒜……什么都有。最好吃的是甜酱甘露和麒麟菜。甘露，本地叫作"螺螺菜"，极细嫩。麒麟菜是海菜，分很多叉，样子有点像画上的麒麟的角，半透明，嚼起来脆脆的。孩子买了甘露和麒麟菜，常常一边走，一边吃。

一到过年，孩子们就惦记上连万顺了。连万顺每年预备一套锣鼓家伙，供本街的孩子来敲打。家伙很齐全，大锣、小锣、鼓、水镲、碰钟，一样不缺。初一到初五，家家店铺都关着门。几个孩子敲敲石库门，小徒弟开开门，一看，都认识，就说："玩去吧！"孩子们就一窝蜂奔到后面的作坊里，操起案子上的锣鼓，乒乒乓乓敲打起来。有的孩子敲打了几年，能敲出几套十番，有板有眼，像那么回事。这条街上，只有连万顺家有锣鼓。锣鼓声使东街增添了过年的气氛。敲够了，又一窝蜂走出去，各自回家吃饭。

到了元宵节，家家店铺都上灯。连万顺家除了把四张玻璃宫灯都点亮了，还有四张雕镂得很讲究的走马灯。孩子们都来看。本地有一句歇后语："乡下人不识走马灯，——又来了！"这四张灯里周而复始，往来不绝的人马车炮的灯影，使孩子百看不厌。孩子们都不是空着手来的，他们牵着兔子灯，推着绣球灯，系着马灯，灯也都是点着了的。灯里的蜡烛快点完了，连老板就会捧出一把新的蜡烛来，让孩子们点了，换上。孩子们于是各人带着换了新蜡烛的纸灯，呼啸而去。

预备锣鼓，点走马灯，给孩子们换蜡烛，这些，连老大都是当一回事的。年年如此，从无疏忽忘记的时候。这成了制度，而且简直有点宗教仪式的味道。连老大为什么要这样郑重地对待这些事呢？这为了什么目的、出于什么心理？实在令人捉摸不透。

第三，连老板很勤快。他是东家，但是不当"甩手掌柜的"。大小事他都要过过目，有时还动动手。切萝卜干、盖酱缸、打油、打醋，都有他一份。每天上午，他都坐在门口晃麻油。炒熟的芝麻磨了，是芝麻酱，得盛在一个浅缸盆里晃。所谓"晃"，是用一个紫铜锤出来的中空的圆球，圆球上接一个长长的木把，一手执把，把圆球在麻酱上轻轻地压，压着压着，油就渗出来了。酱渣子沉于盆底，麻油浮在上面。这个活很轻松，但是费时间。连老大在门口晃麻油，是因为一边晃，一边可以看看过往行人。有时有熟人进来跟他聊天，他就一边聊，一边晃，手里嘴里都不闲着，两不耽误。到了下午出茶干的时候，酱园上上下下一齐动手，连老大也算一个。

受
戒

0
7
8

茶干是连万顺特制的一种豆腐干。豆腐出净渣，装在一个一个小蒲包里，包口扎紧，入锅，码好，投料，加上好抽油，上面用石头压实，文火煨煮。要煮很长时间。煮得了，再一块一块从麻包里倒出来。这种茶干是圆形的，周围较厚，中心较薄，周身有蒲包压出来的细纹，每一块当中还带着三个字："连万顺"，——在扎包时每一包里都放进一个小小的长方形的木牌，木牌上刻着字，木牌压在豆腐干上，字就出来了。这种茶干外皮是深紫黑色的，掰开了，里面是浅褐色的。很结实，嚼起来很有咬劲，越嚼越香，是佐茶的妙品，所以叫作"茶干"。连老大监制茶干，是很认真的。每一道工序都不许马虎。连万顺茶干的牌子闯出来了。车站、码头、茶馆、酒店都有卖的。后来竟有人专门买了到外地送人的。双黄鸭蛋、醉蟹、董糖、连万顺的茶干，凑成四色礼品，馈赠亲友，极为相宜。

连老大就是这样一个人，一个开酱园的老板，一个普普通通、正正派派的生意人，没有什么特别处。这样的人是很难写成小说的。

要说他的特别处，也有。有两点。

一是他的酒量奇大。他以酒代茶。他极少喝茶。他坐在账桌上算账的时候，面前总放一个豆绿茶碗。碗里不是茶，是酒——一般的白酒，不是什么好酒。他算几笔，喝一口，什么也不"就"。一天老这么喝着，喝完了，就自己去打一碗。他从来没有醉的时候。

二是他说话有个口头语："的时候"。什么话都要加一个"的时候"。"我的时候""他的时候""麦子的时候""豆子的时候""猫的时候""狗的时候"……他说话本来就慢，加了许多"的时候"，就更慢了。如果把他说的"的时候"都删去，他每天至少要少说四分之一的字。

连万顺已经没有了。连老板也故去多年了。五六十岁的人还记得连万顺的样子，记得门口的两个大字，记得酱园内外的气味，记得连老大的声音笑貌，自然也记得连万顺的茶干。

连老大的儿子也四十多了。他在县里的副食品总店工作。有人问他："你们家的茶干，为什么不恢复起来？"他说："这得下十几种药料，现在，谁做这个！"

一个人监制的一种食品，成了一地方具有代表性的土特产，真也不容易。不过，这种东西没有了，也就没有了。

一九八五年十二月十二日

〔后记〕

我现在住的地方叫作蒲黄榆。曹禺同志有一次为一点事打电话给我，顺便问起："你住的地方的地名怎么那么怪？"我搬来之前也觉得这地名很怪："捕黄鱼？——北京怎么能捕得到黄鱼呢？"后来经过考证，才知道这是一个三角地带，"蒲黄榆"是三个旧地名的缩称。"蒲"是东蒲桥，"黄"是黄土坑，"榆"是榆树村。这犹之"陕甘宁""晋察冀"，不知来历的，会觉得莫名其妙。我的住处在东蒲桥畔，因此把这三篇小说题为《桥边小说》，别无深意。

这三篇写的也还是旧题材。近来有人写文章，说我的小说开始了对传统文化的怀恋，我看后哑然。当代小说寻觅旧文化的根源，我以为这不是坏事。但我当初这样做，不是有意识的。我写旧题材，只是因为我对旧社会的生活比较熟悉，对我旧时邻里有较真切的了解和较深的感情。我也愿意写写新的生活、新的人物。但我以为小说是回忆。必须把热腾腾的生活熟悉得像童年往事一样，生活和作者的感情都经过反复沉淀，除净火气，特别是除净感伤主义，这样才能形成小说。但是我现在还不能。对于现实生活，我的感情是相当浮躁的。

这三篇也是短小说。《詹大胖子》和《茶干》有人物无故事，《幽冥钟》则几乎连人物也没有，只有一点感情。这样的小说打破了小说和散文的界限，简直近似随笔。结构尤其随便，想到什么写什么，想怎么写就怎么写。我这样做是有意的（也是经过苦心经营的）。我要对"小说"这个概念进行一次冲决：小说是谈生活，不是编故事；小说要真诚，不要耍花招。小说当然要讲技巧，但是：修辞立其诚。

一九八五年十二月十二日夜

复　仇

复仇者不折镆干。

——庄子

一枝素烛，半罐野蜂蜜。他眼睛现在看不见蜜，蜜在罐里，罐子在桌上，他坐在榻子上。但他充满感觉，浓，稠。他嗓子里并不泛出酸味，他胃口很好。他常有好胃口，他一生没有呕吐过几次。说一生，他心里一盘算，一生该是多少呀，我这是一生了吗？没有关系，这是个很普通的口头语。就像那和尚吧，——和尚是常常吃蜂蜜？他的眼睛眯了眯，因为烛火跳，跳着一大堆影子。他笑了一下：蜂蜜跟和尚连在一起，他心里有了一个称呼，"蜂蜜和尚"。这也难怪，蜂蜜，和尚，后面隐了"一生"两个字。然而他摇了摇头，这不行的，和尚是什么和尚都行，真不该是蜂蜜和尚。明天我辞行时真的叫他一声，他该怎么样？和尚倒有个称呼了，我呢？他称呼我什么客人，若真叫，该不是"宝剑客人"吧。（他看见和尚看见他的剑！）这蜂蜜——他想起来的时候似乎听见蜜蜂叫。是的，有蜜蜂叫。而且不少。（足以浮起一个人。）残余的声音在他耳朵里。（我这是怎么回事，这和尚我真的叫他一声倒好玩，我简直成了个孩子。这真的是不相干。这在人一生中有什么意义！而从这里我开始我今天晚上，而明天又从这里连下去。人生真是好玩得说不清。）……他忽然觉得这是秋天，从蜜蜂的声音里。从声音里如此微妙的他感到一身清爽。这可一点没有错，普天下此刻写满一个"秋"。他想哪里开了一大片山花，和尚，和尚摘花，实在是好看。殿上钵里有花，开得好，像是从钵里升起一蓬雾，那么冉冉的。猛一下子他非常喜欢那和尚。

　　和尚出去了，一稽首，随便而有情，教人舒服。和尚呀，你是行了无数次礼而无损于你的自然，是自然地行了这些礼？和尚放下蜡烛，说了几句话，不外是庙里没有什么，山高，风大，气候凉，早早安息。和尚不说，他也自听见。和尚说了，他可没有听。他是看着和尚，和尚直是招他爱。他起来一下，和尚的衣袖飘了飘。这像什么，勉强说，一只纯黑的大蝴蝶。我知道这不像，这实在什么也不像，只是和尚，我已经记住你飘一飘袖子的样子。——这蜡烛尽是跳。

此刻他心里画不出一个和尚。他是想和尚若不把脑袋剃光，他该有一头多好的白头发。一头亮亮的白发闪了一下。和尚的头是光光的而露得出他的发的白。

白发的和尚啊，

他是想起他的白了发的母亲。

山间的夜来得快！这一下子多静。真是日入群动息。刚才他不就觉得一片异样的安定了，可是比起来这又迥然是一个样子。他走进那个村子，小蒙舍里有孩子读书，马有铃铛，桔槔敲，小路上新牛粪发散热气，白云从草垛上移过去，梳辫子的小姑娘穿银红裤子。一切描写着静的，这一会儿全代表一种动。他甚至想他可以作一个货郎来添一点声音的，在这一会儿可不能来万山间泼朗朗摇他的小鼓。

货郎的泼朗鼓摇在小石桥前，那是他的家。

这教他知道刚才他是想了他的母亲。而投在他母亲的线条里着了色的忽然又是他妹妹。他真愿意有那么一个妹妹，像他在这山村里见到的，穿银红裰子，干干净净，在门前井边打水。青石井栏，井边一架小红花。她想摘一朵，一听到母亲纺车声音，觉得该回家了，不早了。"我明天一早来摘你，你在哪里，我记得。"她也可以指引人上山，说："山上有个庙，庙里和尚好，会让你歇脚。"旅行人于是一看山，觉得还不高。小姑娘旅行人都走了。小姑娘提水，旅行人背包袱。剩下一口井。他们走了半天，井栏上余滴还叮叮咚咚落回井里。村边大乌柏树显得黑黑的，清清楚楚，夜开始向它合过来。磨麦子的骡子下了套，呼呼的石碾子停在一点上。所有的山村都一样。

想起他妹妹时他母亲是一头乌青的头发。摘一朵花给母亲戴该是他多愿意的事。可是他没见过母亲戴一朵花。就这朵不戴的花决定他一个命运。

"母亲呀，多少年来我叫你这一声。我没有看见你的老。"

于是他母亲是一个年轻的眉眼而戴着一头白发。多少年来这头白发在他心里亮。他真愿意有那么一个妹妹。

可是他没有妹妹，他没有！

他在两幅相似的风景里作了不同的人物。"风景不殊"，他改变风景多少？他在画里，又不在。他现在是在山上；在许多山里的一座的一个小庙里，许多庙里的一个的小小禅房里。世上山很多，庙太少。他感到一种严肃。

这些日子来，他向上，又向上；升高，降低一点，又升得更高。他爬的山太多了。山越来越高，越来越挤得紧。路，越来越细，越来越单调。坐在山顶上，他不难看到一个小小的人，向前倾侧着身体。一步一步，在苍青赭赤间的一条微微的白道上走，低头，又抬头；看一看天，又看一看路；路，画过去，画过去；云过来，他在影子里；云过去，他亮了；蒲公英的絮子沾在他衣服上，他带它们到更高的远处去；一开眼，只一只鸟横掠过视野；鸟越来越少，到后来就只有鹰；山把所有变化都留在身上，于是显得是亘古不变的。可是他不想回头。他看前面，前面什么也没有，他将要经过那里。他想山呀，你们越来越快，我可是一劲儿那么一个速度走。可是有时候他有点发愁，及至他走进那个村子，抬头一望，他打算明天应该折回去了。这是一条线的最后一点，这些山化作一个尽头。

他合眼了一会儿，他几乎睡着了，几乎做了一个梦。青苔的气味，干草的气味，风化的石头在他身下酥裂，发出声音，且发出气味。小草的叶子窸窣弹了一下，一个蚱蜢蹦出去。很远的地方飘来一只鸟毛，近了近了，为一根枸杞截住，从声音里他知道那是一根黑的。一块小卵石从山顶上滚下去，滚下去，更下去，落在山下深潭里。从极低的地方，一声牛鸣，反刍的声音，（它的下巴动，淡红的舌头，）升上来，为一阵风卷走。虫蛀着老楝树，一片叶子尝到苦味，它打了个寒噤。一个松球裂开了，寒气伸入鳞瓣。鱼呀，活在多高的水里，你还是不睡？再见，青苔的阴湿；再见，干草的松暖；再见，你搁在胛骨下，抵出一块酸的石头；老和尚敲着磬，现在旅行人要睡了，放松他的眉头，散开嘴边的纹，解开脸上的结，让肩头平摊，腿脚休息。

烛火什么时候灭了，是他吹熄的？

他包在无边的夜的中心，如一枚果仁。老和尚敲着磬。

水上的梦是漂浮的，山顶的梦飞也飞不到哪里去。

他梦见他在哪里，（这可真是一个"哪里"，）在他面前是一面壁直的黑暗，他自己也变细，变长，他垂直于那块黑暗，黑暗无穷的高，看也看不尽的高呀！他转一个方向，仍是一样；再转，一样，再转，一样，一样，一样，一样是壁直而平，黑暗。他的梦缺少一面。转，转，转，他挫了下来，像一根长线落在地上。"你稍微圆一点软一点。"于是，黑暗成了一朵莲花，他在一层一层的瓣子里，他多小呀，他找不到自己，他贴着黑的莲花的里壁周游了一次，叮，不时莲花上一颗星，淡绿如磷光，旋起旋灭，余光霭霭，归于寂无。叮，又一声。

他醒来。和尚正做晚课。蜡烛烟喷着细沫，蜜的香味如在花里时一样。

这半罐的蜜采自多少朵花！

和尚做晚课，一声一声敲他的磬。他追随，又等待，看看到底隔多久敲一次。渐渐地，和尚那里敲一声，他也敲一敲，自然应节，不紧不慢。"此时我若有磬，我也是一个和尚。"一盏即将熄灭，永不熄灭的灯，冉冉的钵里的花。香随烟，烟哪怕遇到一张薄纸就一碰散了，香却目之而透入一切。他很想去看看和尚。

和尚你想必是不寂寞？

你寂寞的意思是疲倦，客人，你也许还不疲倦？

这合了句古话：心问口，口问心。客人的手轻轻地触着他的剑。这口剑在他整天握着时他总觉得有一分生疏，他愈想免除生疏就愈觉得其不可能；而到他像是忘了它，才知道是如何之亲切。哪一天他擞地一下拔出来，好了，一切就有了交代。剑呀，不是你属于我，我其实是你的。这是什么意思？我活了这一生就落得这一句话，多可怜的一句话。和尚你敲磬，谁也不能把你的磬声收集起来吧。于是客人枕手而眠，而他的眼睛张着。和尚，你的禅房本不是睡觉的。我算是在这里过了我的一夜。我过了各种各色的夜，我把这一夜算在里面还是外头？好了，太阳一出，就是白天，都等到有一天再说吧。到明天我要走。

太阳晒着港口，把盐味敷到坞边杨树叶片上。

海是绿的，腥的。

一只不知名大果子，有头颅大，腐烂，巴掌大黑斑上攒满苍蝇。

贝壳在沙里逐渐变成石灰。

白沫上飞旋一只鸟，仅仅一只。太阳落下去，

黄昏的光映在多少人额头上，涂了一半金。

多少人向三角洲尖上逼，又转身，散开去。生命如同：

一车子蛋，一个一个打破，倒出来，击碎了，

击碎又凝合。人看远处如烟，

自在烟里，看帆篷远去。

来了一船瓜，一船颜色和欲望。

一船是石头，比赛着棱角。也许

一船鸟，一船百合花。

深巷卖杏花。有骆驼，

骆驼的铃声在柳烟中摇。鸭子叫，一只通红的蜻蜓。

惨绿的霜上的鬼火，

一城灯。嗨客人！

客人，这只是一夜。

你的饿，你的渴，饿后的饱餐，渴中得饮，一天疲倦和疲倦的消除，各种床，各种方言，各种疾病，胜于记得，你一一把它们忘却。你知道没有失望，也没有希望，就该是什么临到你了。你经过了哪里，将来到哪里，是的，山是高的。一个小小的人，向前倾侧着身体，一步一步，在苍青赭赤之间的一条微微的白道上走。你为自己感动不？

"我知道我并不想在这里出家！"

他为自己的声音吓了一跳。随后，像瞒着自己他想了一想佛殿。这和尚好怪，和尚是一个，蒲团是两个。

蒲团，谁在你上面拜过？这和尚，总像不是一个人。他拜一拜，像有一个人随着一起拜。翻开经卷，像有人同时翻开另一卷。而他现在所住这间禅房，分明本不是和尚住的。

这间屋，他一进来就有一种从未有过的感觉。墙非常非常的白，非常非常的平，一切方而且直，严厉逼人。（即此证明并非是老和尚的。）而在方与直之中有一件东西就显得非常非常的圆。不可移动，不能更改，白的嵌着黑的，白与黑之间划得分明。那是一顶大极了的笠子。笠子本来不是这颜色，发黄，转褐，加深，最后乃是黑的。顶尖是一个宝塔形铜顶子，颜色也黑了，一两处锈出绿花。这笠子如今挂在这里，让旅行人觉得不舒服。拔出剑，他出门去。

他舞他的剑。

他是舞他自己，他的爱和他的恨，最高的兴奋，最大的快乐，最汹涌的愤怒，他沉酣于他的舞弄。

把剑收住，他一惊，有人呼吸。

"是我，舞得好剑。"

是和尚，他真是一惊，和尚站得好近，我差点没杀了他。

他一身都是力量，一直到指尖，一半骄傲，一半反抗，他大声说出：

"我要走遍所有的路。"

他看看和尚，和尚的眼睛好亮，他看他眼睛有没有讥刺，和尚如果激怒他，他会杀了和尚！和尚好像并不为他的话、他的声音所撼动。半晌平平静静，清朗地说：

"很好。有人还要从没有路的地方走过去。听，就是他。"

万山百静之中有一种声音，叮叮的，坚决的，从容的，从一个深深的地方迸出来。

我几乎忘了，这旅行人，他是个遗腹子。

他母亲怀着他时，他父亲教仇人杀了，抬回家来，只剩得一个气。说出仇人的名字，就死了。母亲解出他手里的剑。仇人的名字则经她用针刺在儿子手臂上，又涂了蓝。那口剑，在他手里。他到处找，按手臂上名字找那个人，为父亲报仇。

也许这是很重要的。

不过他一生中没有叫过一声父亲。

真的，有一天他找到那个仇人，他只有一剑把他杀了，他没有话跟他说。他怕自己说不出话来。

有时候他更愿意自己被那个仇人杀了。

父亲与仇人，他一样想象不出是什么样子。小时候有人说他像父亲。现在他连自己样子都不大清楚。

有时他对仇人很有好感，虽然他一点不认识他。

这确是一个问题，杀了那个人他干什么？

既然仇人的名字几乎代替他自己的名字，他可不是借了那个名字而存在的？仇人死了呢？

"我必是要报仇的！"

"我跟你的距离一天天近了。"

"我如果碰到，一看，我就知道是你。"

"即使我一生找不到你，我这一生是找你的了。"

这末一句的声音啊。

第二天，一天亮，他跑近一个绝壁。这真是一个尽头，回身来，他才看见天，苍碧嶙峋，不可抗拒的力量压下来。他呼吸细而急，太阳穴跳动，脸色发青，两股贴紧，汗出如浆。剑在他背上，很重。而在绝壁的里面，像是从地心里发出叮叮的声音，坚决而从容。

他走进绝壁。好黑，半天，他什么也看不见。退出来？他像是浸在冰水里。而他的眼睛渐渐能看见前面一两尺地方，他站了一会儿，稳住自己。叮，一声，一个火花，赤红的。叮，又一个。风从洞口吹进来，吹在他背上。咽了一口唾液，他走进去。他听见自己跫跫足音，这个声音鼓励他，教他不踉跄，有样子。里面越走越窄，他得弓着身子。他直视前面，一个一个火花爆出来。好了，到了尽头。到尽头，是一堆长头发，一个人，匍匐，一手錾子，一手锤头，正开凿膝前的方寸。像是没有听见有人来，他不回头。渐渐地，他向上开凿，他的手举起，举起，旅行人看见两只僧衣的袖子，他披及腰下的长发抖动一下。他举起，举起，旅行人看见那一双手，奇瘦，露骨，全是筋。旅行人向后退一步。和尚把头回过来一下。只一双眼睛，从纷披的长发后面闪出来。旅行人木然。举起，举起，火花，火花，再来一个，火花！他差点没晕过去：和尚的手臂上赫然是三个字，针刺的，涂蓝的，是他父亲的名字。一时，他什么也不见，只有那三个字。一笔一画，他在心里描了那三个字。叮，一个火花，字一跳动。时间从洞外飞逝，一卷白云从洞口掠过。他简直忘记自己背上的剑了，或是他自己整个消失就剩得这口剑。他缩小缩小，至于没有。然后又回来，回来，好了，他的脸色由青转红，他自己充满于躯体，剑！他拔剑在手。

从容的，坚决的，叮叮的声音；火花，紫赤晶明。

忽然他相信他母亲一定已经死了。

"铿"的一声。

他的剑落回鞘里。第一朵锈。

他看了看自己脚下，脚下是新凿的痕迹。而在他脚前，另一副锤錾摆着。他俯身，拾起来。和尚稍微往旁边挪过一点。

两滴眼泪闪在庙里白发的和尚的眼睛里。

有一天，两副錾子会同时凿在空里。第一线由另一面射进来的光。

廿九年初稿

卅四年底重写

卅五年一月又重写

莱生小爷

莱生小爷家有一只鹦鹉。

莱生小爷是我们本家叔叔。我们那里对和父亲同一辈的弟兄很少称呼"伯伯""叔叔"的，大都按他们的年龄次序称呼"大爷""二爷""三爷"……年龄小的则称之为"小爷"。汪莱生比我父亲小好几岁，我们就叫他"小爷"。有时连他的名字一起叫，叫"莱生小爷"，当面也这样叫。他和我父亲不是嫡堂兄弟，但也不远，两房是常走动的。

莱生小爷家比较偏僻，大门开在方井巷东口。对面是一片菜园。挨着莱生小爷家，往西，只有几户人家。再西，出巷口即是"阴城"。"阴城"即一片乱葬岗子，层层叠叠埋着许多无主孤坟，草长得很高。

我的祖母——我们一族人都称她"太太"，有时要出门走走，常到方井巷外看看野景，吩咐种菜园的人家送点菜到家里。菜园现拔的菜叫"起水鲜"，比市上买的好吃。下霜之后的乌青菜（有些地方叫塌苦菜或塌棵菜）尤其鲜美，带甜味。太太到阴城看了野景，总要到莱生小爷家坐坐，歇歇脚，喝一杯小婶送上来的热茶，说些闲话，问问今年的收成，问问楚中——莱生小爷的大舅子、小婶的大哥的病好些了没有。

太太到方井巷，都叫我陪着她去。

太太和小婶说着话，我就逗鹦鹉玩。

鹦鹉很大，绿毛，红嘴，用一条银链子拴在一个铁架子上。它不停地蹿来蹿去，翻上翻下，呷呷地叫。丢给它几颗松子、榛子，它就嘎巴嘎巴咬开了吃里面的仁。这东西的嘴真硬，跟钳子似的。我们县里只有这么一只鹦鹉，绿毛、红嘴，真好玩。莱生小爷不知是从哪里买来的。

莱生小爷整天没有什么事。他在本家中家境是比较好的，从他家里摆设用具、每天的饭菜就看得出来。——我们的本家有一些是比较穷困的，有的竟是家无隔宿之粮。他田地上的事，看青、收租，自有"田禾先生"管着。他不出大门，不跟人来往，与人不通庆吊。亲戚家有娶亲、做寿的，他一概不到，由小婶用大红信套封一份"敬仪"送去。他只是喂鹦鹉一点食，就钻进后面的书房里。他喜欢下围棋，没有人来和他对弈，他就一个人摆棋谱，一摆一上午。他养了十来盆蒲草。一盆种在一个小小的钧窑浅盆里，其余的都排在天井里的石条上。他不养别的花。每天上午用一个小喷壶给蒲草浇一遍水，然后就在藤椅上一靠，睡着了，一直到孩子喊他去吃饭。

他食量很大，而且爱吃肥腻的东西。冰糖肘子、红烧九转肥肠、"青鱼托肺"——烧青鱼内脏。家里红烧大黄鱼，鱼膘照例归他，——这东西黏黏糊糊的，烧得鳔嘴，别人也不吃。

他一天就是这样，吃了睡，睡了吃，无忧无虑，快活神仙。直到他的小姨子肖玲玲来了，才在他的生活里激起了一阵轩然大波。

肖玲玲是小婶的妹妹。她在上海两江女子体育师范读书。放暑假，回家乡来住住。肖玲玲这两年出落得好看了。脸盘、身材都发生了变化。在上海读了两年书，说话、举止都带了点上海味儿。比如她称呼从前的女同学都叫"密斯×"，穿的衣服都是抱身。这个小城里的

菜生小爷

0
9
9

人都说她很"摩登"。她常到大姐家来，姊妹俩感情很好，有说不完的话。玲玲擅长跳舞，北欧土风舞、恰尔斯顿舞（这些舞在体育师范都是要学的）。她读过的中学请她去教，她也很乐意："one two three four，一、二、三、四，二、二、三、四……"

玲玲来了，莱生小爷就目不转睛地看着她，听她说话，一脸傻气。

他忽然向小婶提出一个要求，要娶玲玲做二房。小婶以为她听岔了音，就说："你说什么？"——"我要娶玲玲，让她做小，当我的姨太太！"——"你这说的是什么话！快别再说了，叫人家听见了笑话。我们是亲姊妹，有姊妹俩同嫁一个男人的吗？有这种事吗？"——"有！古时候就有，娥、娥、娥……"小爷说话有点结巴，"娥"了半天也没有"娥"出来，小婶觉得又好气，又好笑。

打这儿起，就热闹了。莱生小爷成天和小婶纠缠，成天地闹。

"我要玲玲，我要玲玲！"

"我要玲玲嫁我！"

"我要玲玲做小！"

"娶不到玲玲，我就不活了，我上吊！"

小婶叫他闹得不得安身，就说："要不你去找我大哥肖楚中说说去，问问玲玲本人。"

"我不去，你替我去！"

小婶叫他闹得没有办法，就回娘家找大哥肖楚中。

肖家没有多少产业，靠肖楚中在中学教英文，按月有点收入。他有胃病，有时上课胃疼，就用铅笔顶住胃部。但是亲友婚嫁，礼数不缺。

小婶跟大哥说：

"莱生要娶玲玲做小。"

肖楚中听明白了，气得浑身发抖。

"有姊妹二人嫁一个男人的吗？"

"他说有，娥皇女英就是这样。"

"娥皇女英是什么时代的事，现在是什么时代？难道能回到唐尧虞舜的时代吗？这是对玲玲的侮辱，也是对我肖家的侮辱！亏你还说得出口，替这个混蛋来做这种说客！"

"我是叫他闹得没有办法！他说他娶不到玲玲就要上吊。"

"他爱死不死！你叫他吓怕了，你太懦弱！——这事你千万别跟玲玲提起！"

"那怎么办呢？"

"不理他！——我有办法，他再闹，我告到二太爷那里去（二太爷是我的祖父，算是族长），把他捆起来送到祠堂里打一顿，他就老实了！这是废物一个，好吃懒做的寄生虫，真是异想天开，莫名其妙！"

小婶把大哥的话一五一十传给了汪莱生。真要是送到祠堂里打一顿，他也有点害怕。这以后他就不再胡搅蛮缠了，但有时还会小声嘟囔："我要玲玲，我要娶玲玲……"

他吃得还是那么多，还是爱吃肥腻。

有一天，吃完饭，莱生回他的书房，走在石头台阶上，一脚踩空，摔了一跤。小婶听见咕咚一声，赶过来一看，他起不来了。小婶自己，两个孩子，还叫了挑水的老王，一起把他搭到床上去。他块头很大，真重！在床上躺下后，已经中风失语。

小婶请来刘老先生（这是有名的中医）。刘先生看看莱生的舌苔、眼睛，号了号脉，开了一个方子。前面医案上写道：

"贪安逸，食厚味，乃致病之源。拟投以重剂，活血化瘀。"

小婶看看药方，有犀角、麝香，知道这都是大凉通窍的药，而且知道这副药一定很贵。

刘老先生喝着小婶给他倒的茶，说："他的病不十分要紧，吃了这药，一个月以后可能下地。能走动了，叫他出去走走。人不能太闲，太闲了，好人也会闲出病来的。"

一个月后，莱生小爷能坐起来，能下地走走了，人瘦了一大圈。他能说话了，但是话很少。他又添了一宗毛病，成天把玻璃柜橱的门打开，又关上；打开，又关上，嘴里不停地发出拉胡琴定弦的声音：

"gà gi, gi gà, gà gi, gi gà……"

然后把柜橱的铜环摇动得山响：

"哗啦哗啦哗啦……"

很难说他得了神经病，但可说是成了半个傻子。

"gà gi, gi gà, gà gi gi gà……"

"哗啦哗啦哗啦。"

我离乡日久，不知道莱生小爷后来怎么样了。按年龄推算，他大概早已故去。我有时还会想起他来，想起他的鹦鹉，他的十来盆蒲草。

落　魄

他为什么要到"内地"来？不大可解，也没有人问过他。自然，你现在要是问我为什么大远地跑到昆明过那么几年，我也答不上来。从前很说过一番大道理，经过一个时间，知道半是虚妄，不过就是那么股子冲动，年纪轻，总希望向远处跑；而且也是事实，我要读书，学校都往里搬了；大势所趋，顺着潮流一带，就把我带过了千山万水。总是偶然，我不强说我的行为是我的思想决定的。实在我那时也说不上有什么思想。——我并没有说现在就有。这个人呢？似乎他的身边不会有什么偶然，那个潮流不大可能波及他。我很知道，我们那一带，就是像我这样的年纪也多还是安土重迁的。在家千日好，出外一时难，小时候我们听老人戒说行旅的艰险绝不少于"万恶的社会"的时候。他近四十边上的人了，又是"做店"的。做店人跑上三五个县份照例就是了不起的老江湖，关于各地的茶馆、澡堂子、窑姐儿、镇水铜牛、大火烧了的庙，就够他们向人聊一辈子；这种人见过世面，已经有资格称为百事通，为人出意见、拿主意，凡事皆有他一份，社会地位极高，再也不必跑到左不过是那样的生疏地方去。他还当真走上好几千里，干什么？好马不吃窝边草，憋了什么气，要到个亲旧耳目不及的地方来创一番事业，等将来衣锦荣归，好向家里妻子说一声"我总算对得起你们"吗？看他不像是那种咬牙发狠的人，他走路说话全表示他是个慢性子，是女人们称之为"三棍子打不出个闷屁来"的角色。再说，又何必用这么远，千里之内尽可以作个跨海征东薛仁贵、楚国为官的秋胡了。也许是他受了危言耸听的宣传，觉得日本人一来，可怕到不可想象的程度，或者是他遭了什么大不幸或难为情事情，本土存身不得，恰好有个亲戚，到内地来做事，须要个能写字算账的身边人，机缘凑巧，无路可走之中他勃然打定了主意来"玩玩"了？也只是"也许"。——反正，他就是来了，而且做了完全另外一种人。

到我们认识他时，他开了个小吃食铺子，在我们学校附近。

初时，大家还带得三个月至半年的用度，而且不时还可接到汇款，生活标准比在家时低不太多，稍有借口，或谁过生，或失物复得，或接到一封字迹娟秀的信，或没有理由，大家"通过"一下，即可有人做东请客。在某个限度内还可挑一挑地方。有人说，开了个扬州馆子，那就怎么样也得巧立名目地去吃他一顿。

学校附近还像从前学校附近一样，开了许多小馆子。开馆子的多是外乡人。湖南的、江西的、山东的、河北的，一种同在天涯之感把老板伙计跟学生连接起来，而且他们本来直接间接地就与学校有相当关系，学生吃饭，老板伙计就坐在旁边谈天说地；而学生也喜欢到锅灶旁边站着，一边听新闻故事，一边欣赏炒菜艺术。——这位扬州人老板，一看即与别人不同，他穿了一身铁机纺绸褂裤在那儿炒菜！盘花纽子，纽襻里拖出一段银表链。雪白的细麻纱袜，一双浅口千层底直贡呢鞋。细细软软的头发向后梳得一丝不乱。左手无名指上还套了个韭叶指环。这一切在他周身那股子斯文劲儿上配合得恰到好处。除了他那点流利合拍的翻锅子动铲子的手法，他无处像个大师傅，像个吃这一行饭的。这比

受
戒

1
0
6

他的鸡丝雪里蕻，炒假螃蟹，过油肉更令我们发生兴趣。这个馆子不大，除了他自己只用了个本地孩子招呼客座，摆筷子倒茶。可是收拾得干干净净，木架子上还搁了两盆花。就是足球队员，跳高选手来，看了墙上菜单上那一笔成亲王体的字，也不便太嚣张放肆了。

有时，过了热市，吃饭的只有几个人，菜都上了桌，他洗洗手，会捧了把细瓷茶壶出来，客气两句，"菜炒得不好，这里的酱油不行。""黄芽菜教孩子切坏了，谁叫他切的！——红烧才能横切，炒，要切直丝的。"有时也谈谈时事，说点故乡消息，问问这里的名胜特产，声音低缓而有感情。我们已经喜欢去坐茶馆了，有时在茶馆也可以碰到他，独自看一张报纸或支颐眺望街上行人。他还给我们付了几回茶钱，请我们抽烟。他抽烟也是那么慢慢的，一口一口地吸，仿佛有无穷滋味。有时事完了，不喝茶，他去溜达，两手反背在后面，一种说不出悠徐闲散。出门少远，则穿了灰色熟罗长衫，还带了把湘妃竹折扇。想见从前他一定喜欢养养鸟，听听书，常上富春坐坐的。他自己说原在辕门桥一个大绸缎庄做事，看样子极像。然而怎么到这儿来开一个小饭馆的呢？这当中必有一段故事，他不往下说，我们也不好究问。

馆子菜什么菜都是一个滋味，家家一样，只有他那儿虽然品色不多，却莫不精致有特色。或偶尔兴发，还可以跟他商量商量，请他表演几个道地扬州菜，狮子头，芙蓉鲫鱼，叉子烧鸭，他必不惜工夫，做得跟家里请客一样，有几个菜据说在扬州本地都很少有人做得好。这位绸缎店"同事"大概平日在家极讲究吃食，学会了烹调，想不到自己竟改行作了饭师傅。这不免是降低了一级，我们去吃饭，总似乎有点歉意。也许他看得比较高一层，所以态度上从未使我们不安。他自己好像已不顶在乎了。生意好，有钱剩，也还高高兴兴的。果然半年下来，店门关了几天，贴出了条子：修理炉灶，休业数天。

新万年红朱笺招纸贴出来，一早上就川流不息地坐满了人。老板听从有人的建议，请了个南京师傅来做包子煮面，带卖早晚市了。我一去，学着扬州话，跟他道一声：

"恭喜恭喜。"

恭喜他扩充营业，同时我已经看到后面小天井里一个女人坐着拣菜，发髻上一朵双喜绒花。老板拱拱手：

"托福托福，闹着玩的。"

女人不知是谁给说的媒，好像是这条街上一个烟鬼的女儿，时常也看她蓬着头出来买香油、腌菜、蚊烟香，脸色黄巴巴的，样子平平常常。可是因为年纪还不顶大，拢光了头发，搽了雪花膏，还敷了点胭脂，就像是完全换了一个人，以前没的好处全露了出来。老板看样子很喜欢，不时回头，走过去低低说几句话，让她偏了头，为拈去一片草屑尘丝，他那个手势就比一首情诗还值得一看。老板自己自然也年轻了不少，或者不如说一般人都不免，而实际上一个才四十的人不应便有的老态全借了一个年轻的身体而冲失了。要到这样的年龄大概才真知道如何爱惜女人。

灶下，那个南京师傅集中精神在做包子。他仿佛想把他的热心变成包子的滋味，摘蒂子，刮馅心，那么捏几下，一收嘴子，全按板中节，如一个熟练的舞蹈家或魔术师的手脚。今天是第一天。他忙，没什么工夫想什么，就这个"第一天"一定在他脑子里闪了好多次。这三个字包含的感情很多，他自己一时也分辨不清，大体上都结成了一团希望，就像那个蒸笼冒出来的一阵一阵子的热气。听他拍打着包子皮，声音咚咚的，手掌一定很厚！他脑袋剃得光光的，后脑勺子挤成了三四叠，一用力，直扭动。他一身老蓝布衣裤，腰里一条洋面口袋改成的围裙。从上到下，无一处不像一个当行面食店师

落魄

1
0
9

傅，跟扬州人老板相互映照，很有趣味。

然而不知什么道理，那一顿早点没有留给我什么印象。等的时候太长，而吃的时候太短。我自己也不好，不爱吃猪肝，为什么叫了碗猪肝面加菠菜西红柿！面是"机器面"，没有办法，生意太好，擀面来不及。——是谁给他题了那么几个艺术字？三个月之后这几个字一定浸透了油气的，活该！

不久滇越铁路断了，各处"转进"的战事使好多人的故乡随"我的家在东北松花江上"的伤感老歌一齐失去。Cynical①的习气普遍增高，而洗衣的钱付得少了，因为旧了破了，破旧了的衣服就去卖了。渺乎其远的希望造成许多浪子。有些人对书本有兴趣，抱残守拙，显得极其孤高。希望既远，他们可看到比希望还远的地方。因为形状褴褛，倒更刺激他们精神的高贵，以作为一种补偿。这是一种斗争，沉默而坚持，在日常的委屈悲愤的世俗感情的摆落中要引接山头地底水泉来灌溉一颗心的滋长，是困苦的。有些失了节，向现实投了降，做起生意起来了，由微渐著，虽无大手笔，但以玩

① 编者注：愤世嫉俗的；悲观的。

票姿态转而下海,不失为一个"名家"局面。后一种人数目极少。正因为少,故在校中行动常一望而可指出。这才是一个开始,唯足以启发往后的不正常。本来战争的另一名词即不正常。这点不正常就直接影响绿杨饭店的营业。——现在,绿杨饭店已经为人耳熟,代替原来的"扬州人"。在它开张了,又扩充了时候,绿杨饭店是一个名词。一个名词仿佛可有可无的。而现在绿杨饭店成了一个实体,店的一切与它的招牌分不开了。

第一,扬州人已经不能代表一个店了;而且这个饭店已经非常地像一个饭店,有时简直还过了分!

那个南京人,第一天,我从他的后脑勺子上即看出这是属于那种会堆砌"成功"的人。他实事求是,稳扎稳打,抓紧机会,他知道钱是好的,活下来多不容易,举手投足都要代价。为了那个代价,所以他肯努力。他一早晨冲寒冒露赶到小南门去买肉,因为每斤便宜多少钱;为了搬运两袋面粉,他可以跟挑夫说许多好话或骂许多难听话;他一边下面,一边瞟着门前过去的几驮子柴;他拣去一片发黄的菜叶子,拾起来又放到砧板上;他到别家铺子门前逛两转,看他们的包子蒸出来是什么样儿,回来马上决定明天他自己的包子还可以掺点豆芽菜,而且放点豆腐干也是个可试的办法。……他的床是睡觉的，他的碗是吃饭的，他不幻想，不喜欢花，不上茶馆喝茶，而且老打狗，因为虽然他的肉在梁上他还是担心狗吃了。没有多少时候绿杨饭店即充满了他的"作风"。——我得声明虽然我感情上也许是另一回事，可是我没有公开地表示反对这样的作风的意思。而且四方东西南北中，（我们那儿都是这么说，自然也对，"中"不是一个方向，）南京人只是偏于那一方，不是像俾斯麦或希特勒那样绝对的人。这里只说他的一般上的特殊，相反的较强的一面，不单是作风，也因为从作风的改变上，你知道这个店的主权也变了。过了一个时候，不问可知，已经是合股开的。南京人攒了钱，红利工钱，再加上一点积蓄，也许还拉了点债，入了股。我可以跟你打赌，他在才有人来提生意时即已想到这一步。

南京人明白他们这个店应当为什么人而开，声气相求，果然同学之中那个少数很快即为吸取进来，作为经常主顾。他们人数不多，但塞满这个小饭店却有余。而且他们周围照例有许多近乎谢希大应伯爵之人者流，有时还会等不着座儿。这时他们也并未"发迹"，不过手底下比较活动，他们的"社会"中，"同学"仍占一个重要位置，这里便成为他们"联络感情"所在，常在来吃一碗猪肝面的教授面前摆了一桌子菜哄饮大嚼起来。

有的，在这里包了月饭，虽然吃一顿不吃一顿。——另一种同学，因为尚有衣物可卖，卖的钱，大都一天花光，豪爽脾气未改，（这也是一种抗卫），也常三个五个七八个一摊上街去吃喝一顿。有时他们在这里，有时到别处去。有时他们到别处去；有时还在这里。有些本来常在这里的不常在这里了。

绿杨饭店的生意好了一阵，好得足以使这一带所有的吃食铺子全都受了影响，而且也一齐对它非常关心。别以为他们都希望"绿杨"的生意坏，他们知道"绿杨"的生意要是坏，他们自己的也好不了。他们的命运既相仿，又相共。然而过了一个高潮，绿杨饭店眼看着豆芽菜豆腐干越掺得多，卖出去的包子就越少。"学校附近的包子"在壁报文章中成了一个新奇比喻，到后来这个比喻也毫不新奇了。绿杨饭店在将要为人忘记的那条路上走。——时间也下来两年了，好快！这时有钱活动的就活动得更远。有的还在这个城里，有的到了外县，甚至出了国，到仰光①，到加尔各答②，有的还选了

① 编者注：缅甸最大的城市。

② 编者注：印度西孟加拉邦首府。

几门课，有的干脆休了学，离开书本，离开学校，离开同学，也离开了绿杨饭店。大部分穷的，可卖衣物更少了，已经有人预感到饥饿时的心理活动。这也是一种活动，且正如那种活动到仰光、加尔各答的人一样，留下许多痕迹在脸上，造成他们的哲学。绿杨饭店犹如一面镜子，扬州人、南京人也如一面镜子。镜子里是风干的猪肝，暗淡的菠菜，不熟的或烂的西红柿，太阳如一匹布，阳光中游尘扬舞。江西人的、山东人的、湖南人的、河北人的新闻故事与好兴致全在猪肝菠菜西红柿前失了颜色。悄悄地，他们把这段日子撕下来，风流云散，不知所终。

那个女人的脸又黄下来，头发又乱了，而且像是没有光亮过，没有红过白过。有一次街上开来了一队兵，马上就找到他们要徘徊逗留的地方，向绿杨饭店他们可没有多瞟几眼。多可惜，扬州人那个值得一看的动人手势！——这时候我才想起过他家里有太太没有？有孩子没有？

绿杨饭店还是开着。

这当中我因病休了学，病好了住在乡下一个朋友主持的学校里，帮他们教几个钟点课，就很少进城来。绿杨饭店的情形可以说不知道。一年之中只去了一次。一位小姐病了，我们去看她。有人从黑土洼带了一大把玉簪花来，看着把花插好了，她笑了笑，说是"如果再有一盘椒盐白煮鱼，我这个病就生得很像样子了。"从前的生病也是从前的谈天题目之一。她说过她从前生了病都吃白煮鱼，于是去跟扬州人老板商量，看能不能给我们像从前一样配几个菜。他们回答得很慢，但当那个交涉代表说："要是费事，不方便，那就算了"，却立刻决定了，问："什么时候？"南京人呢，不表示态度。出来，我半天没有话。朋友问是怎么回事，没有什么，我在想那个饭店。

那天真是怪，南京人一声不响，不动手，摸摸这，掇掇那。女人在灶下烧火。扬州人的头发白了几根。他似乎不复那么潇洒、似乎颇像做这样的事情的一个人了。不仅是他的纺绸衣裤、好鞋袜、戒指、表链没有了；从他放作料、施油盐、用铲子抄起将好的菜来尝尝味，菜好了敲敲锅子，用抹布（好脏）擦擦盘子，刷锅水往泔水缸里一倒，扶着锅台的架势，偶尔回头向我们看一看的眼睛，用火钳夹起一片木柴吸烟，（扯歪了脸），小指搔搔发痒的眉毛，鼻子吸一吸吐出一口痰，……一切，全都变了。菜做完了，往我们桌边拉出一张凳子（接过腿的）上一坐，第一句即是：

"什么都贵了，生意真不好做。"

这句话教南京人回过头来，向着我们这边。南京人是一点也没有走样！他那个扁扁的大鼻子教我想起我们前天应当跟他商量才对。我觉得出他们一定吵了一架。不一定是为我们的一顿饭而吵，希望不是因为我们而吵的。而且从扬州人脸上的皱纹阴影上看，开始吵架已经是颇久的事。照例大概是南京人嘀咕，扬州人不响。可能先是那个女人跟南京人为一点小事拌嘴，于是牵扯起一大堆，一直扯到这一次的不痛快跟前次的连接起来，追溯到很远；还有余不尽，种下下次相争的因子。事情很明显，南京人现在股本比扬州人只有多，绝不少，而扬州人两口子穿吃开销，他们之间没有什么会计制度，就是那么一篇糊涂账。他们为什么不拆伙呢？隔了年的浆子，粘不起来，那就算了。可是不，看样子他们且要糊下去。

我看看南京人的粗粗短短的手指，（果然，好厚的手掌！）忽然很同情他，似乎他的后脑勺子没有堆得更高，全是扬州人的责任。

到我复学时，一切全有点变动。或者不是变动，是层叠、深入、牢著，是不变。什么都有一种随遇而安的样子。图书馆指定参考书不够，可是要多少本才够呢？于是就够了。一间屋子住四十人太多，然而多少人住一屋或每人都有几间屋最合理？一个人每天需要多少时候的孤独？简直连问也没有人问。生物系的新生都得抄一个表，人正常消耗是多少卡路里，而他们没有想到他自己也是一个实验对象；倒对一个教授研究出苗人常吃的刺梨和"云南橄榄"所含维他命工作极有兴趣。土产最烈的酒是五十三度，最坏的烟（烧完了灰都是黑的）叫鹦鹉牌。学校附近的荒货摊上你常看见一男一女在那个货摊讲价，所卖是女的一件曾经极时髦的衣服，反正那件衣服漂亮到她现在绝对无法穿出来了。而路边种的那些树都已长得很高，在月光中布下黑影，如梦如水。整个一个学校，一年中难得有几个人哭，也绝不会有人自杀。……而绿杨饭店已经搬了家，在学校门边搭一个永远像明天就会拆去的草棚子卖包子、卖猪肝面。

（我已经对我的文章失去兴趣，平淡得教我直想故作惊人之笔而惊人不起来！这饭店，这扬州人与我有什么关系呢？）

一句话就说尽这个饭店了：毫无转机。没有人问它如何还能开下来，因为多少人怎么活下来就无从想象。当然，这时候完全是南京人在那儿撑持。但客观条件超出他所有经验。武松拿了打折了的半截哨棒，只好丢了，他也无计可施。然而他若是丢了这个坑人的绿杨饭店他只有死！他似乎有点自暴自弃起来，时常看他弄了一土碗市酒，闷闷地喝，（他的络腮胡子乌猛猛的），忽然拳头一擂桌子，大骂起来，也不知道骂谁才是。若是扬州人跟他一样的壮，他也许会跳上去，冲他鼻子就是一拳。然而扬州人一股子窝囊样子，折垂了脖子，木然看着哄在一块骨头上的苍蝇。这样子更让南京人生气，一股子邪火从脚底心直升上来。扬州人身体简直越来越不行了，背佝偻得厉害。他的嘴角老挂着一点，嘴唇老开着一点。最多的动作是用左手撸着右臂衣袖，上下推移。又不是搔痒，不知道是干什么！他的头发早就不梳好了，有时居然梳了梳，那就更糟，用水湿了梳的，毫无光泽，令人难过。有人来了，他机械地站起来，机械地走，用个黑透了的抹布，骗人似的抹抹桌子，抹完了往肩头上一搭：

"吃什么？有包子，有面。有牛肉面，炸酱面，菠菜猪肝面。……"声音空洞而冷漠。客人的食欲就教他那个神气、那个声音压低了一半。你就看看那个荒凉污黑的架子，看到西红柿上的黑斑，你知道黑斑那一块煮也煮不烂的；看到一个大而无当的盘子里三两个鸡蛋，鸡蛋会散黄；你还会想起扬州人跟你解释过的，"鸡蛋散黄是蚊子叮的"，你想起孑孓在水里翻跟斗。吃什么呢，你简直没有主意。你就随便说一个，牛肉面吧。扬州人撸着他的袖子：

"噉，——牛肉面一碗——"

"牛肉早就没有了，要说多少次！"

"噉，——牛肉没有了——"

那么随便吧。猪肝面吧。

"噉，——猪肝面一碗——"

而那个女人呢，分明已经属于南京人了。仿佛这也没有什么奇怪。连他们晚上还同时睡在那个棚子底下也都并不奇怪。这当中应当又有一段故事的，但你也顶好别去打听，压根儿你就无法懂得他们是怎么回事，除非你能是他们本人。

我已经知道，他们原来是表兄弟，而且南京人是扬州人的小舅子，这！……我不知道我应当学着去做一个小说家还是深幸自己不是。……

过了好多好多时候，"炮仗响了"。云南老百姓管胜利，战争结束叫"炮仗响"。他们不说胜利，不说战争结束，而说是"炮仗响"。炮仗响那天我一点都没有想到扬州人。一直到我要离开昆明的前一天，出去买东西，偶然到一个铺子里吃东西，坐下，一抬头，哎，那不是扬州人吗？再往里看，果然南京人也在那儿，做包子，一身蓝布衣裤，面粉口袋围裙，工作得非常紧张，脑勺子直扭动，手掌敲着包子皮咚咚地响。他摘蒂子，刮馅心，那么捏几下，一收嘴子，全按板中节，仿佛想把他的热心也变成包子的滋味。他从上到下无一处不像个当行的面食店师傅。这个扬州人，你为什么要到内地来？你是四十多岁的人了，你从前是做绸缎庄的，你要想回去向妻子儿女说一声"我总算对得起你们"……然而仿佛他们全不成问题，成问题的倒是我！我教许多事情搅迷糊了。明天我要走了。车票在我口袋里，我不知道摸了多少次。我有个很不好的脾气，喜欢把口袋里随便什么只捏在手里搓，搓搓就扔掉了。我丢过修表的单子，洗衣服收据，照相凭条，防疫证书，人家写给我的通信地址。每丢了一张纸，我就丢了好多东西。我真怕我把车票也丢了。我有点神经衰弱。我有点难过，想吐，这会儿饿过了火，我实在什么也不想吃。我蠢蠢地问S说：

"我们来了八年了？"而忽然问：

"哎，那罐火腿呢？"

S敲敲火腿罐头。在桌子下捏住我的手：

"你怎么了，D？——吃什么？"

我振作了一下：

"猪肝面加菠菜西红柿！"

扬州人放好筷子，坐在一张空着的桌子旁边凳上。他牙齿掉了不少，两颊好像老在吸气。而脸上又有点浮肿，一种暗淡的痴黄色。肩上一条抹布湿漉漉的。一件黑滋滋的汗衫，（还是麻纱的！）一条半长不半的裤子，像十二三岁的孩子穿的。衣裤上全有许多跳蚤血黑点。看他那个滑稽相的裤子，你想到他的肚皮一定一叠一叠地打了好多道折子！最后我的眼睛就毫不客气地死盯住他的那双脚。一双自己削成的大木屐，简直是长方形的。好脏的脚，仿佛污泥已经透入多裂纹的皮肤。十个趾甲都是灰趾甲，左脚的大拇指极其不通地压在中趾底下，难看无比。对这个扬州人，我没有第二种感情，厌恶！我恨他，虽然没有理由。

去你的吧，这个人，和我这篇倒霉文章！

三十六年六月

落魄

1
2
1

钓人的孩子

钓人的孩子

抗日战争时期。昆明大西门外。

米市，菜市，肉市。柴驮子，炭驮子。马粪。粗细瓷碗，砂锅铁锅。焖鸡米线，烧饵块。金钱片腿，牛干巴。炒菜的油烟，炸辣子的呛人的气味。红黄蓝白黑，酸甜苦辣咸。

每个人带着一生的历史，半个月的哀乐，在街上走。凄凄惶惶，忙忙碌碌。谁都希望意外地发一笔小财，在路上捡到一笔钱。

一张对折着的钞票躺在人行道上。

用这张钞票可以量五升米，割三斤肉，或扯六尺细白布，——够做一件汗褂，或到大西门里牛肉馆要一盘冷片、一碗汤片、一大碗饭、四两酒，美美地吃一顿。

一个人弯腰去捡钞票。

噌——，钞票飞进了一家店铺的门里。

一个胖胖的孩子坐在门背后。他把钞票丢在人行道上，钞票上拴了一根黑线，线头捏在他的手里。他偷眼看着钞票，只等有人弯腰来拾，他就猛地一抽线头。

他玩着这种捉弄人的游戏，已经玩了半天。上当的已经有好几个人了。

胖孩子满脸是狡猾的笑容。

这是一个小魔鬼。

这孩子长大了，将会变成一个什么人呢？日后如果有人提起他的恶作剧，他多半会否认。——也许他真的已经忘了。

捡 金 子

这是一个怪人，很孤傲，跟谁也不来往，尤其是女同学。他是哲学系的研究生。他只有两个"听众"，都是中文系四年级的学生。他们每天一起坐茶馆，在茶馆里喝清茶，嗑葵花子，看书，谈天，骂人。哲学研究生高谈阔论的时候多，那两位只有插话的份儿，所以是"听众"。他们都有点玩世不恭。哲学研究生的玩世不恭是真的，那两位有点是装出来的。他们说话很尖刻，动不动骂人是"卑劣的动物"。他们有一套独特的语言。他们把漂亮的女同学叫作"虎"，把谈恋爱叫作"杀虎"，把钱叫作"刀"。有刀则可以杀虎，无刀则不能。诸如此类。他们都没有杀过一次虎。

这个怪人做过一件怪事，捡金子。昆明经常有日本飞机来空袭。一有空袭就拉警报。一有警报人们就都跑到城外的山野里躲避，叫作"逃警报"。哲学研究生推论：逃警报的人一定会把值钱的东西带在身边，包括金子；有人带金子，就会有人丢掉金子；有人丢掉金子，一定会有人捡到；人会捡到金子；我是人，故我可以捡到金子。这一套逻辑推理实在是无懈可击。于是在逃警报时他就沿路注意。他当真捡到金戒指，而且不止一次，不止一枚。

此人后来不知所终。

航空奖券

国民党的中央政府发行了一种航空救国奖券，头奖二百五十万元，月月开奖。虽然通货膨胀，钞票贬值，这二百五十万元一直还是一个相当大的数目。这就是说，在国民党统治范围的中国，每个月要凭空出现一个财主。花不多的钱，买一个很大的希望，因此人们趋之若鹜，代卖奖券的店铺的生意很兴隆。

中文系学生彭振铎高中毕业后曾教过两年小学，岁数比同班同学都大。他相貌平常，衣装朴素，为人端谨。他除了每月领助学金（当时叫作"贷金"），还在中学兼课，有一点微薄的薪水。他过得很俭省，除了买买书，买肥皂、牙膏，从不乱花钱。不抽烟，不饮酒。只有他的一个表哥来的时候，他的生活才有一点变化。这位表哥往来重庆、贵阳、昆明，跑买卖。虽是做生意的人，却不忘情诗书，谈吐不俗。他来了，总是住在爱群旅社，必把彭振铎邀去，洗洗澡，吃吃馆子，然后在旅馆里长谈一夜。谈家乡往事，物价行情，也谈诗。平常，彭振铎总是吃食堂，吃有耗子屎的发霉的红米饭，吃炒芸豆，还有一种叫作芋磨豆腐的紫灰色的烂糊糊的东西。他读书很用功，但是没有一个教授特别赏识他，没有人把他当作才子来看。然而他在内心深处却是一个诗人，一个忠实的浪漫主义者。在中国诗人里他喜欢李商隐，外国诗人里喜欢雪莱，现代作家里喜欢何其芳。

他把《预言》和《画梦录》读得几乎能背下来。他自己也不断地写一些格律严谨的诗和满纸烟云的散文。定稿后抄在一个黑漆布面的厚练习本里，抄得很工整。这些作品，偶尔也拿出来给人看，但只限于少数他所钦服而嘴又不太损的同学。同班同学中有一个写小说的，他就请他看过。这位小说家认真地看了一遍，说："很像何其芳。"

然而这位浪漫主义诗人却干了一件不大有诗意的事：他按月购买一条航空奖券。

他买航空奖券不是为了自己。

系里有个女同学名叫柳曦，长得很漂亮。然而天然不俗，落落大方，不像那些漂亮的或自以为漂亮的女同学整天浓妆艳抹，有明星气、少奶奶气或教会气。她并不怎样着意打扮，总是一件蓝阴丹士林旗袍，——天凉了则加一件玫瑰红的毛衣。她走起路来微微偏着一点脑袋，两只脚几乎走在一条线上，有一种说不出来的风致，真是一株风前柳，不枉了小名儿唤作柳曦。彭振铎和她一同上创作课。她写的散文也极清秀，文如其人，彭振铎自愧弗如。

尤其使彭振铎动心的是她有一段不幸的身世。有一个男的时常来找她。这个男的比柳曦要大五六岁，有时穿一件藏青的中山装，有时穿一套咖啡色西服。这是柳曦的未婚夫，在资源委员会当科长。柳曦的婚姻是勉强的。她的父亲早故，家境贫寒。这个男人看上了柳曦，拿钱供柳曦读了中学，又读了大学，还负担她的母亲和弟妹的生活。柳曦在高中一年级就跟他订婚了。她实际上是卖给了这个男人。怪不道彭振铎觉得柳曦的眉头总有点蹙着（虽然这更增加了她的美的深度），而且那位未婚夫来找她，两人一同往外走，她总是和他离得远远的。

这是那位写小说的同学告诉彭振铎的。小说家和柳曦是小同乡，中学同学。

彭振铎很不平了。他要搞一笔钱，让柳曦把那个男人在她身上花的钱全部还清，把自己赎出来，恢复自由。于是他就按月购买航空奖券。他老是梦想他中了头奖，把二百五十万元连同那一册诗文一起捧给柳曦。这些诗文都是写给柳曦的。柳曦感动了，流了眼泪。投在他的怀里。

彭振铎的表哥又来了。彭振铎去看表哥，顺便买了一条航空奖券。到了爱群旅社，适逢表哥因事外出，留字请他稍候。彭振铎躺在床上看书。房门开着。

彭振铎看见两个人从门外走过，是柳曦和她的未婚夫！他们走进隔壁的房间。不大一会儿，就听见柳曦的放浪的笑声。

彭振铎如遭电殛。

他觉得心里很不是滋味。

而且他渐渐觉得柳曦的不幸的身世、勉强的婚姻，都是那个写小说的同学编出来的。这个玩笑开得可太大了！

他怎么坐得住呢？只有走。

他回到宿舍，把那一册诗文翻出来看看。他并没有把它们烧掉。这些诗文虽然几乎篇篇都有柳，柳风、柳影、柳絮、杨花、浮萍……但并未点出柳曦的名字。留着，将来有机会献给另外一个人，也还是可以的。

航空奖券，他还是按月买，因为已经成了习惯。

一九八二年二月二日

金 冬 心

召 应博学鸿词杭郡金农，字寿门，别号冬心先生、稽留山民、龙棪仙客、苏伐罗吉苏伐罗，早上起来觉得很无聊。

他刚从杭州扫墓回来。给祖坟加了加土，吩咐族侄把聚族而居的老宅子修理修理，花了一笔钱。杭州官员馈赠的程仪殊不丰厚，倒是送了不少花雕和莼菜，坛坛罐罐，装了半船。装莼菜的瓷罐子里多一半是西湖水。我能够老是饮花雕酒喝莼菜汤过日脚①吗？开玩笑！

---

① 编者注：过日子。

他是昨天日落酉时回扬州的。刚一进门，洗了脸，给他装裱字画、收拾图书的陈聋子就告诉他：袁子才把十张灯退回来了。是托李馥馨茶叶庄的船带回来的。附有一封信。另外还有十套《随园诗话》。金冬心当时哼了一声。

去年秋后，来求冬心先生写字画画的不多，他又买了两块大砚台，一块红丝碧端，一块蕉叶白，手头就有些紧。进了腊月，他忽然想起一个主意：叫陈聋子用乌木做了十张方灯的架子，四面由他自己书画。自以为这主意很别致。他知道他的字画在扬州实在不大卖得动了，——太多了，几乎家家都有。过了正月初六，就叫陈聋子搭了李馥馨的船到南京找袁子才，托他代卖。凭子才的面子，他在南京的交往，估计不难推销出去。他希望一张卖五十两。少说，也能卖二十两。不说别的，单是乌木灯架，也值个三两二两的。那么，不无小补。

袁子才在小仓山房接见了陈聋子，很殷勤地询问了冬心先生的起居，最近又有什么轰动一时的诗文，说："灯是好灯！诗、书、画，可称三绝。先放在我这里吧。"

金冬心原以为过了元宵，袁子才就会兑了银子来。不想过了清明，还没有消息。

现在，退回来了！

袁枚的信写得很有风致："……金陵人只解吃鸭，光天白日，尚无目识字画，安能于灯光烛影中别其媸妍耶？……"

这个老奸巨猾！不帮我卖灯，倒给我弄来十部《诗话》，让我替他向扬州的醝贾①打秋风！——俗！

晚上吃了一碗鸡丝面，早早就睡了。

今天一起来，很无聊。

喝了几杯苏州新到的碧螺春，念了两遍《金刚经》，趿着鞋，到小花圃里看了看。宝珠山茶开得正好，含笑也都有了骨朵了。然而提不起多大兴致。他惦记着那十盆兰花。他去杭州之前，瞿家花园新从福建运到十盆素心兰。那样大的一盆，每盆不愁有百十个箭子！索价五两一盆，不贵！要是袁子才替他把灯卖出去，这十盆建兰就会摆在他的小花圃苇棚下的石条上。这样的兰花，除了冬心先生，谁配？然而……

他踱回书斋里，把袁枚的信摊开又看了一遍，觉得袁枚的字很讨厌，而且从字里行间嚼出一点挖苦的意味。他想起陈聋子描绘的随园：有几棵柳树，几块

金冬心

---

① 编者注：cuó jiǎ，盐商。

石头，有一个半干的水池子，池子边种了十来棵木芙蓉，到处是草，草里有蜈蚣……这样一个破园子，会是江宁织造的大观园吗？可笑！① 此人惯会吹牛，装模作样！他顺手把《随园诗话》打开翻了几页，到处是倚人自重，借别人的赏识，为自己吹嘘。有的诗，还算清新，然而，小聪明而已。正如此公自道："诗被人嫌只为多！"再看看标举的那些某夫人、某太夫人的诗，都不见佳。哈哈，竟然对毕秋帆也揄扬了一通！毕秋帆是什么？——商人耳！郑板桥对袁子才曾作过一句总评，说他是"斯文走狗"，不为过分！

他觉得心里痛快了一点，——不过，还是无聊。

他把陈聋子叫来，问问这些天有什么函件柬帖。陈聋子捧出了一叠。金冬心拆看了几封，都没有什么意思，问："还有没有？"

陈聋子把脑门子一拍，说："有！——我差一点忘了，我把它单独放在拜匣里了：程雪门有一张请帖，来了三天了！"

"程雪门？"

---

① 袁枚曾说大观园就是他的随园。

"对对对！请你陪客。"

"请谁？"

"铁大人。"

"哪个铁大人？"

"新放的两淮盐务道铁保珊铁大人。"

"几时？"

"今天！中饭！平山堂！"

"你多误事！——去把帖子给我拿来！——去订一顶轿子！——你真是！——快去！——哎哟！"

金冬心开始觉得今天有点意思了。

等着催请了两次，到第三次催请时，冬心先生换了衣履，坐上轿子，直奔平山堂。

程雪门是扬州一号大盐商，今天宴请新任盐务道，非比寻常！果然，等金冬心下了轿，往平山堂一看，只见扬州的名流显贵都已到齐。藩臬二司、河工漕运、当地耆绅、清客名士，济济一堂。花翎补服，辉煌耀眼；轻衣缓带，意态萧闲。程雪门已在正面榻座上陪着铁保珊说话，一眼看见金冬心来了，站起身来，铁保珊早抢步迎了出来。

"冬心先生！久仰！久仰得很！"

"岂敢岂敢！臣本布衣，幸瞻丰采！铁大人从都里

金
冬
心

来，一路风霜，辛苦了！"

"请！"

"请！请！"

铁保珊拉了金冬心入座。程雪门道了一声"得罪！"自去应酬别的客人。大家只见铁保珊倾侧着身子和金冬心谈得十分投机，金冬心不时点头拊掌，不知他们谈些什么，不免悄悄议论。

"雪门今天请金冬心来陪铁保珊，好大的面子！"

"听说是铁保珊指名要见的。"

"金冬心这时候才来，架子搭得不小！"

"看来他的字画行情要涨！"

少顷宴齐，更衣入席。平山堂中，雁翅般摆开了五桌。正中一桌，首座自然是铁保珊。次座是金冬心。金冬心再三谦让，铁保珊一把把他按得坐下，说："你再谦，大家就不好坐了！"金冬心只得从命。程雪门在这桌的主座上陪着。

今天的酒席很清淡。铁大人接连吃了几天满汉全席，实在是没有胃口，接到请帖，说："请我，我到！可是我只想喝一碗晚米稀粥，就一碟香油拌疙瘩丝！"程雪门说一定照办。按扬州请客的规矩，菜单曾请铁保珊过了目。凉碟是金华竹叶腿、宁波瓦楞明蚶、黑龙江熏鹿脯、四川叙府糟蛋、兴化醉蛏鼻、东台醉泥螺、阳澄湖醉蟹、糟鹌鹑、糟鸭舌、高邮双黄鸭蛋、界首茶干拌荠菜、凉拌枸杞头……热菜也只是蟹白烧乌青菜、鸭肝泥酿怀山药、鲫鱼脑烩豆腐、烩青腿子口蘑、烧鹅掌。甲鱼只用裙边。花鱼不用整条的，只取两块嘴后腮边眼下蒜瓣肉。车只取两块瑶柱。炒芙蓉鸡片塞牙，用大兴安岭活捕来的飞龙剁泥、鸽蛋清。烧烤不用乳猪，用果子狸。头菜不用翅唇参燕，清炖杨妃乳——新从江阴运到的河鲀鱼[①]。铁大人听说有河鲀，说："那得有炒蒌蒿呀！——'竹外桃花三两枝，春江水暖鸭先知，蒌蒿满地芦芽短，正是河鲀欲上时'，有蒌蒿，那才配称。"有有有！随饭的炒菜也极素净：素炒蒌蒿苔、素炒金花菜、素炒豌豆苗、素炒紫芽姜、素炒马兰头、素炒凤尾——只有三片叶子的嫩莴苣尖、素烧黄芽白……铁大人听了菜单（他没有看）说是"这样好，'咬得菜根，则百事可做'。"他请金冬心过目，冬心先生说："'一箪食，一瓢饮'，农一介寒士，无可无不可的。"

金冬心尝了尝这一桌非时非地清淡而名贵的菜肴，

---

① 编者注：河鲀鱼就是"河豚"。

又想起袁子才，想起他的《随园食单》，觉得他把几味家常鱼肉说得天花乱坠，真是寒乞相，嘴角不禁浮起一丝冷笑。

酒过三巡，铁保珊提出寡饮无趣，要行一个酒令。他提出的这个酒令叫作"飞红令"，各人说一句或两句古人诗词，要有"飞、红"二字，或明嵌、或暗藏，都可以。这令不算苛。他自己先说了两句："花谢花飞飞满天，红消香断有谁怜？"有人不识出处。旁边的人提醒他：《红楼梦》！"这时正是《红楼梦》大行的时候，"开谈不说《红楼梦》，纵读诗书也枉然"，不知出处的怕露怯，连忙说："哦，《红楼梦》！《红楼梦》！"下面也有说"一片花飞减却春"的，也有说"桃花乱落如红雨"的。有的说不上来，甘愿罚酒。也有的明明说得出，为了谦抑，故意说："我诗词上有限，认罚认罚！"借以凑趣的。临了，到了程雪门。程雪门说了一句：

"柳絮飞来片片红。"

大家先是愕然，接着就哗然了：

"柳絮飞来片片红，柳絮如何是红的？"

"无是理！无是理！"

"杜撰！杜撰无疑！"

"罚酒！罚酒！"

"满上！满上！喝了！喝了！"

程雪门也不知道自己怎么会诌出这样一句不通的诗来，正在满脸紫胀，无地自容，忽听得金冬心放下杯箸，从容言道：

"诸位莫吵。雪翁此诗有出处。这是元人咏平山堂的诗，用于今日，正好对景。"他站起身来，朗吟出全诗：

> 廿四桥边廿四风，
>
> 凭栏犹忆旧江东。
>
> 夕阳返照桃花渡，
>
> 柳絮飞来片片红。

大家一听，全都击掌：

"好诗！"

"好一个'柳絮飞来片片红'！妙！妙极了！"

"如此尖新，却又合情合理，这定是元人之诗，非唐非宋！"

"到底是冬心先生！元朝人的诗，我们知道得太少，惭愧惭愧！"

"想不到程雪翁如此博学！佩服！佩服！"

程雪门哈哈大笑，连说："过奖，过奖！——菜凉了，河豚要趁热！"

于是大家的筷子一齐奔向杨妃乳。

铁保珊拈须沉吟：这是元朝人的诗吗？

金冬心真是捷才！出口成章，不动声色。快，而且，好！有意境……

第二天，一清早，程雪门派人给金冬心送来一千两银子。金冬心叫陈聋子告诉瞿家花园，把十盆建兰立刻送来。

陈聋子刚要走，金冬心叫住他：

"不忙。先把这十张灯收到厢房里去。"

陈聋子提起两张灯，金冬心又叫住他：

"把这个——搬走！"

他指的是堆在地下的《随园诗话》。

陈聋子抱起《诗话》，走出书斋，听见冬心先生骂道：

"斯文走狗！"

陈聋子心想：他这是骂谁呢？

一九八三年十月二十五日

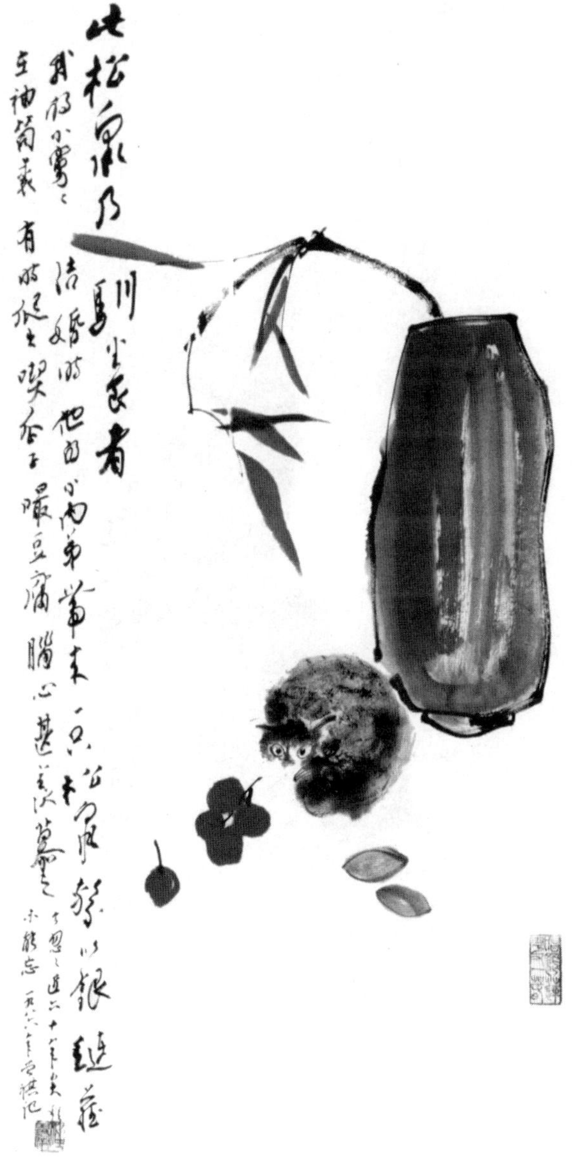

甚麼？

一九五〇年三月十日午
賣畫京華筆此罪
饒庄

鸡 毛

西南联大有一个文嫂。

她不是西南联大的人。她不属于教职员工，更不是学生。西南联大的各种名册上都没有"文嫂"这个名字。她只是在西南联大里住着，是一个住在联大里的校外的人。然而她又的的确确是"西南联大"的一个组成部分。她住在西南联大的新校舍。

西南联大有许多部分：新校舍、昆中南院、昆中北院、昆华师范、工学院……其他部分都是借用的原有的房屋，新校舍是新建的，也是联大的主要部分。图书馆、大部分教室、各系的办公室、男生宿舍……都在新校舍。

新校舍在昆明大西门外，原是一片荒地。有很多坟，几户零零落落的人家。坟多无主。有的坟主大概已经绝了后，不难处理。有一个很大的坟头，一直还留着，四面环水，如一小岛，春夏之交，开满了野玫瑰，香气袭人，成了一处风景。其余的，都平了。坟前的墓碑，有的相当高大，都搭在几条水沟上，成了小桥。碑上显考显妣的姓名分明可见，全都平躺着了。每天有许多名师大儒、莘莘学子从上面走过。住户呢，由学校出几个钱，都搬迁了。文嫂也是这里的住户。她不搬。说什么也不搬。她说她在这里住惯了。联大的当局是很讲人道主义的，人家不愿搬，不能逼人家走。可是她这两间破破烂烂的草屋，不当不间地戳在那里，实在也不成个样子。新校舍建筑虽然极其简陋，但是是经过土木工程系的名教授设计过的，房屋安排疏密有致，空间利用十分合理。那怎么办呢？主其事者跟文嫂商量，把她两间草房拆了，另外给她盖一间，质料比她原来的要好一些。她同意了，只要求再给她盖一个鸡窝。那好办。

她这间小屋，土墙草顶，有两个窗户（没有窗扇，只有一个窗洞，有几根直立着的带皮的树棍），一扇板门。紧靠西面围墙，离二十五号宿舍不远。

宿舍旁边住着这样一户人家，学生们倒也没有人觉得奇怪。学生叫她文嫂。她管这些学生叫"先生"。时间长了，也能分得出张先生、李先生、金先生、朱先生……但是，相处这些年了，竟没有一个先生知道文嫂的身世，只知道她是一个寡妇，有一个女儿。人很老实。虽然没有知识，但是洁身自好，不贪小便宜。除非你给她，她从不伸手要东西。学生丢了牙膏肥皂、小东小西，从来不会怀疑是她顺手牵羊拿了去。学生洗了衬衫，晾在外面，被风吹跑了，她必为捡了，等学生回来时交出："金先生，你的衣服。"除了下雨，她一天都是在屋外待着。她的屋门也都是敞开着的。她的所作所为，都在天日之下，人人可以看到。

她靠给学生洗衣服、拆被窝维持生活。每天大盆大盆地洗。她在门前的两棵半大榆树之间拴了两根棕绳，拧成了麻花。洗得的衣服，夹紧在两绳之间。风把这些衣服吹得来回摆动，霍霍作响。大太阳的天气，常常看见她坐在草地上（昆明的草多丰茸齐整而极干净）做被窝，一针一针，专心致意。衣服被窝洗好做得了，为了避免嫌疑，她从不送到学生宿舍里去，只是叫女儿隔着窗户喊："张先生，来取衣服。"——"李先生，取被窝。"

她的女儿能帮上忙了，能到井边去提水，踮着脚往

鸡

毛

1
4
5

绳子上晾衣服，在床上把衣服抹煞平整了，叠起来。

文嫂养了二十来只鸡（也许她原是靠喂鸡过日子的）。联大到处是青草，草里有昆虫蚱蜢种种活食，这些鸡都长得极肥大，很肯下蛋。隔多半个月，文嫂就挎了半篮鸡蛋，领着女儿，上市去卖。蛋大，也红润好看，卖得很快。回来时，带了盐巴、辣子，有时还用马兰草提着一块够一个猫吃的肉。

每天一早，文嫂打开鸡窝门，这些鸡就急急忙忙、迫不及待地奔出来，散到草丛中去，不停地啄食。有时又抬起头来，把一个小脑袋很有节奏地转来转去，顾盼自若，——鸡转头不是一下子转过来，都是一顿一顿地那么转动。到觉得肚子里那个蛋快要坠下时，就赶紧跑回来，红着脸把一个蛋下在鸡窝里。随即得意非凡地高唱起来："咯咯哒！咯咯哒！"文嫂或她的女儿伸手到鸡窝里取出一颗热烘烘的蛋，顺手赏了母鸡一块土坷垃："去去去！先生要用功，莫吵！"这鸡婆子就只好咕咕地叫着，很不平地走到草丛里去了。到了傍晚，文嫂抓了一把碎米，一面撒着，一面"咽咽，咽咽"叫着，这些母鸡就都即即足足地回来了。它们把碎米啄尽，就鱼贯进入鸡窝。进窝时还故意把脑袋低一低，把尾巴向下夆拉一下，以示雍容文雅，很有鸡教。鸡窝门有一道小坎，这些鸡还都一定两脚并齐，站在门槛上，然后向前一跳。这种礼节，其实大可不必。进窝以后，咕咕唧唧一会儿，就寂然了。于是夜色就降临抗战时期最高学府之一、国立西南联合大学的新校舍了。阿门。

文嫂虽然生活在大学的环境里，但是大学是什么，这有什么用，为什么要办它，这些，她可一点都不知道。只知道有许多"先生"，还有许多小姐，或按昆明当时的说法，有很多"摩登"，来来去去；或在一个洋铁皮房顶的屋子（她知道那叫"教室"）里，坐在木椅子上，呆呆地听一个"老倌"讲话。这些"老倌"讲话的神气有点像耶稣堂卖福音书的教士（她见过这种教士）。但是她隐隐约约地知道，先生们将来都是要做大事，赚大钱的。

先生们现在可没有赚大钱、做大事，而且越来越穷，找文嫂洗衣服、做被子的越来越少了。大部分先生非到万不得已，不拆被子。一年也不定拆洗一回。有的先生虽然看起来衣冠齐楚，西服皮鞋，但是皮鞋底下有洞。有一位先生还为此制了一则谜语："天不知地知，你不知我知。"他们的袜子没有后跟，穿的时候就把袜尖往前拽拽，窝在脚心里，这样后跟的破洞就露不出来了。他们的衬衫穿脏了，脱下来换一件。过两天新换的又脏了，看看还是原先脱下的一件干净些，于是又换回来。有时要去参加Party，没有一件洁白的衬衫，灵机一动：有了！把衬衫反过来穿！打一条领带，把纽扣遮住，这样就看不出正反了。就这样，还很优美地跳着《蓝色的多瑙河》。有一些，就完全不修边幅，衣衫褴褛，囚首垢面，跟一个叫花子差不多了。他们的裤子破了，就用一根麻绳把破处系紧。文嫂看到这些先生，常常跟女儿说："可怜！"

来找文嫂洗衣的少了，她还有鸡，而且她的女儿已经大了。

女儿经人介绍，嫁了一个司机。这司机是下江人，除了他学着说云南话："为哪样""咋个整"，其余的话，她听不懂。但她觉得这女婿人很好。他来看过老丈母，穿了麂皮夹克，大皮鞋，头上抹了发蜡。女儿按月给妈送钱。女婿跑仰光、腊戌，也跑贵州、重庆。每趟回来，还给文嫂带点曲靖韭菜花、贵州盐酸菜，甚至宣威火腿。有一次还带了一盒遵义板桥的化风丹，她不知道这有什么用。他还带来一些奇形怪状的果子。有一种果子，香得她的头都疼。下江人女婿答应养她一辈子。

文嫂胖了。

男生宿舍全都一样，是一个窄长的大屋子，土墼墙，房顶铺着木板，木板都没有刨过，留着锯齿的痕迹，上盖稻草；两面的墙上开着一列像文嫂的窗洞一样的窗洞。每间宿舍里摆着二十张双层木床。这些床很笨重结实，一个大学生可以在上面放放心心地睡四年，一直睡到毕业，无须修理。床本来都是规规矩矩地靠墙排列着的，一边十张。可是这些大学生需要自己的单独的环境，于是把它们重新调动了一下，有的两张床摆成一个曲尺形，有的三张床摆成一个凹字形，就成了一个一个小天地。按规定，每一间住四十人，实际都住不满。有人占了一个铺位，或由别人替他占了一个铺位而根本不来住；也有不是铺主却长期睡在这张铺上的；有人根本不是联大学生，却在新校舍住了好几年的。这些曲尺形或凹字形的单元里，大都只有两三个人。个别的，只有一个。一间宿舍住的学生，各系的都有。有一些互相熟悉，白天一同进出，晚上联床夜话；也有些老死不相往来，连贵姓都不打听。二十五号南头一张双层床上住着一个历史系学生，一个中文系学生，一个上铺，一个下铺，两个人合住了一年，彼此连面都没有见过：因为这二位的作息时间完全不同。中文系学生是个夜猫子，每晚在系图书馆夜读，天亮才回来；而历史系学生却是个早起早睡的正常的人。因此，上铺的铺主睡觉时，下铺是空的；下铺在酣睡时，上铺没有人。

联大的人都有点怪。"正常"在联大不是一个褒词。一个人很正常，就会被其余的怪人认为"很怪"。即以二十五号宿舍而论，如果把这些先生的事情写下来，将会是一部很长的小说。如今且说一个人。

此人姓金，名昌焕，是经济系的。他独占北边的一个凹字形的单元。他不欢迎别人来住，别人也不想和他搭伙。他不知从哪里弄来一些木板，把双层床的一边都钉了木板，就成了一间屋中之屋，成了他的一统天下。凹字形的当中，摞着几个装肥皂的木箱——昆明这种木箱很多，到处有得卖，这就是他的书桌。他是相当正常的。一二年级时，按时听讲，从不缺课。联大的学生大都很狂，讥弹时事，品藻人物，语带酸咸，词锋很锐。金先生全不这样。他不发狂论。事实上他很少跟人说话。其特异处有以下几点：一是他所有的东西都挂着，二是从不买纸，三是每天吃一块肉。他在他的床上拉了几根铁丝，什么都挂在这些铁丝上，领带、袜子、针线包、墨水瓶……他每天就睡在这些叮叮当当的东西的下面。学生离不开纸。怎么穷的学生，也得买一点纸。联大的学生时兴用一种布制的夹子，里面夹着一叠白片艳纸，用来记笔记、做习题。金先生从不花这个钱。为什么要花钱买呢？纸有的是！联大大门两侧墙上贴了许多壁报，学术演讲的通告，寻找失物、出让衣鞋的启事，形形色色，琳琅满目。这些启事、告白总不是顶天立地满满写着字，总有一些空白的地方。金先生每天晚上就带了一把剪刀，把这些空白的地方剪下来。他还把这些纸片，按大小纸质、颜色，分门别类，裁剪整齐，留作不同用处。他大概是相当笨的，因此每晚都开夜车。开夜车伤神，需要补一补。他按期买了猪肉，切成大小相等的方块，借了文嫂的鼎罐（他借用了鼎罐，都是洗都不洗就还给人家了），在学校茶水炉上炖熟了，密封在一个有盖的瓷坛里。每夜用完了功，就打开坛盖，用一只一头削尖了的筷子，瞅准了，扎出一块，闭目而食之。然后，躺在叮叮当当的什物之下，酣然睡去。

这样过了三年。到了四年级，他在聚兴诚银行里兼了职，当会计。其时他已经学了簿记、普通会计、成本会计、银行会计、统计……这些学问当一个银行职员，已是足用的了。至于经济思想史、经济地理……这些空空洞洞的课程，他觉得没有什么用处，只要能混上学分就行，不必苦苦攻读，可以缺课。他上午还在学校听课，下午上班。晚上仍是开夜车，搜罗纸片，吃肉。自从当了会计，他添了两样毛病。一是每天提了一把黑布阳伞进出，无论冬夏，天天如此。二是穿两件衬衫，打两条领带。穿好了衬衫，打好领带；又加一件衬衫，再打一条领带。这是干什么呢？若说是显示他有不止一件衬衫、一条领带吧，里面的衬衫和领带别人又看不见；再说这鼓鼓囊囊的，舒服吗？真是令人百思不得其解。因此，同屋的那位中文系夜游神送给他一个外号，这外号很长："二十年目睹之怪现状"。

金先生很快就要毕业了。毕业以前，他想到要做两件事。一件是加入国民党，这已经着手办了；一件是追求一个女同学，这可难。他在学校里进进出出，一向像马二先生逛西湖：他也不看女人，女人也不看他。

谁知天缘凑巧，金昌焕先生竟有了一段风流韵事。一天，他正提着阳伞到聚兴诚去上班，前面走着两个女同学，她们交头接耳地谈着话。一个告诉另一个：这人穿两件衬衫，打两条领带，而且介绍他有一个很长的外号："二十年目睹之怪现状"。听话的那个不禁回头看了金昌焕一眼，嫣然一笑。金昌焕误会了：谁知一段姻缘却落在这里。当晚，他给这女同学写了一封情书。开头写道："××女士芳鉴，径启者……"接着说了很多仰慕的话，最后直截了当地提出："倘蒙慧眼垂青，允订白首之约，不胜荣幸之至。随函附赠金戒指一枚，务祈笑纳为荷。"在"金戒指"三字的旁边还加了一个括弧，括弧里注明："重一钱五"。这封情书把金先生累得够呛，到他套起钢笔，吃下一块肉时，文嫂的鸡都已经即即足足地发出声音了。

这封情书是当面递交的。

这位女同学很对得起金昌焕。她把这封信公布在校长办公室外面的布告栏里，把这枚金戒指也用一枚大头针钉在布告栏的墨绿色的绒布上。于是金昌焕一下子出了大名了。

金昌焕倒不在乎。他当着很多人，把信和戒指都取下来，收回了。

你们爱谈论，谈论去吧！爱当笑话说，说去吧！于金昌焕何有哉！金昌焕已经在重庆找好了事，过两天就要离开西南联大，上任去了。

文嫂丢了三只鸡，一只笋壳鸡，一只黑母鸡，一只芦花鸡。这三只鸡不是一次丢的，而是隔一个多星期丢一只。不知怎么丢的。早上开鸡窝放鸡时还在，晚上回窝时就少了。文嫂到处找，也找不着。她又不能像王婆骂鸡那样坐在门口骂——她知道这种泼辣做法在一个大学里很不合适，只是一个人叨叨："我（的）鸡呢？我鸡呢？……"

文嫂的女儿回来了。文嫂吓了一跳：女儿戴得一头重孝。她明白出了大事了。她的女婿从重庆回来，车过贵州的十八盘，翻到山沟里了。女婿的同事带了信来。母女俩顾不上抱头痛哭，女儿还得赶紧搭便车到十八盘去收尸。

女儿走了，文嫂失魂落魄，有点傻了。但是她还得活下去，还得过日子，还得吃饭，还得每天把鸡放出去，关鸡窝。还得洗衣服、做被子。有很多先生都毕业了，要离开昆明，临走总得干干净净，来找文嫂洗衣服、拆被子的多了。

这几天文嫂常上先生们的宿舍里去。有的先生要走了，行李收拾好了，总还有一些带不了的破旧衣物，一件渔网似的毛衣，一个压扁了的脸盆，几只配不成对的皮鞋——那有洞的鞋底至少掌鞋还有用……这些先生就把文嫂叫了来，随她自己去挑拣。挑完了，文嫂必让先生看一看，然后就替他们把曲尺形或凹字形的单元打扫一下。

因为洗衣服、捡破烂，文嫂还能岔乎岔乎，心里不至太乱。不过她明显地瘦了。

金昌焕不声不响地走了。二十五号的朱先生叫文嫂也来看看，这位"怪现状"是不是也留下一些还值得一拣的东西。

什么都没有。金先生把一根布丝都带走了。他的凹形王国里空空如也，只留下一个跟文嫂借用的鼎罐。文嫂毫无所得，然而她也照样替金先生打扫了一下。她的笤帚扫到床下，失声惊叫了起来：床底下有三堆鸡毛，一堆笋壳色的，一堆黑的，一堆芦花的！

文嫂把三堆鸡毛抱出来，一屁股坐在地下，大哭起来。

"啊呀天呐，这是我鸡呀！我笋壳鸡呀！我黑母鸡，我芦花鸡呀！……"

"我寡妇失业几十年，你咋个要偷我鸡呀！……"

"我风里来雨里去呀，我的命多苦，多艰难呀，你咋个要偷我鸡呀！……"

"你先生是要做大事，赚大钱的呀，你咋个要偷我鸡呀！……"

"我女婿死在贵州十八盘，连尸都还没有收呀，你咋个要偷我鸡呀！……"

她哭得很伤心、很悲痛。好像要把一辈子所受的委屈、不幸、孤单和无告全都哭了出来。

这金昌焕真是缺德，偷了文嫂的鸡，还借了文嫂的鼎罐来炖了。至于他怎么偷的鸡，怎样宰了，怎样退的鸡毛，谁都无从想象。

　　林子大了，什么鸟都有。

　　　　　　　　　　　　　一九八一年六月六日

护　秋

生产队派我今天晚上护秋。

"护秋"就是看守大秋作物。老玉米已经熟了，一两天就要掰棒子，防备有人来偷，所以要派人护秋。

这一带原来有偷秋的风气。偷将要成熟的庄稼，不算什么不道德的事。甚至对偷。你偷我家的，我偷你家的。不但不兴打架，还觉得这怪有趣。农业科学研究所的地是公家的地，庄稼是公家的庄稼，偷农科所的秋更是合理合法。这几年，地方政府明令禁止这种风气，偷秋的少了。但也还不能禁绝。前年农科所大堤下一亩多地的棒子，一个晚上就被人全掰了。

我提了一根铁锨把上了大堤。这里居高临下，地里有什么动静都能看见。

和我就伴的还是一个朱兴福。他是个专职"下夜"的，不是临时派来护秋的。农科所除了大田，还有菜地、马号、猪舍、种子仓库、温室和研究设备，晚上需要有人守夜。这里叫作下夜。朱兴福原来是猪倌，下夜已经有两年了。

这是一个蔫里吧唧的人。不爱说话，说话很慢，含含糊糊。他什么农活都能干，就是动作慢。他吃得不少，也没有什么病，就是没有精神，好像没睡醒。

他媳妇和他截然相反。媳妇叫杨素花（这一带女的叫素花的很多），和朱兴福是一个地方的，都是柴沟堡的。杨素花人高马大，长腿，宽肩，浑身充满弹性，像一个打足了气的轮胎内带，紧绷绷的。她在大食堂做活：压莜面饸饹，揉蒸馒头的面，烙高粱面饼子，炒山药疙瘩……她会唱山西梆子（这一带农民很多会唱山西梆子），《打金砖》《骂金殿》《三娘教子》《牧羊圈》（这些是山西梆子常唱的戏）都能从头至尾唱下来。她的嗓子音色不甜，但是奇响奇高。农科所工人有时唱山西梆子，在外面老远就听见她的像运动场上裁判员吹哨子那样的嗓音。她扮上戏可不怎么好看，那么一匹高头大马，穿上古装，很不协调。她给人整个的印象有点像苏联电影《静静的顿河》里的阿克西尼亚。农科所的青年干部背后就叫她阿克西尼亚。这个外号她自己不知道。

"阿克西尼亚"去年出了一点事，和所里一个会计乱搞，被朱兴福当场捉住。朱兴福告到支部书记那里（不知道为什么，所里出了这种事情都由支部书记处理）。所领导研究，给会计一个处分，记大过，降一级，调到别的单位。对"阿克西尼亚"没有怎么样。"阿克西尼亚"留着会计送她的三双尼龙袜子，一直没有穿。事情就算过去了。

谁都知道杨素花不"待见"她男人。

朱兴福背着一支老七九步枪，和我并肩坐在大堤上抽烟，瞎聊。他说话本来不清楚，再加上还有柴沟堡的口音，听起来很费劲。柴沟堡这地方的语言很奇怪，保留一些古音。如"我"读"捱"，"他（她）"读"渠"，跟广东客家话一样。为什么长城以北的山区会保留客家语言呢？

我问他，他媳妇为什么不待见他，他说："晓得为了个啥！"我问他："你为什么总是没精神？你要是干净利索些，她就会心疼你一点。"他忽然显得有了点精神，说他原来挺精神的！他从部队上下来（他当过几年兵），有钱——有复员费。穿得也整齐。他上门相亲的那天，穿了一套崭新的蓝涤卡、解放鞋。新理了发。丈人丈母看了，都挺喜欢，说这个女婿"有人才"。杨素花也挺满意。娶过来两年，后来就……"晓得为了个啥！"

他把烟掐灭了，说：

"老汪，你看着点，捱回去闹她一闹。"

我说："你去吧！"

我在大堤上抽了三根烟，朱兴福背着枪来了。

"闹了？"

"闹了。"

夜很安静。快出伏了，天气很凉快。风吹着玉米叶子唰唰地响。一只鸹鸹悠（鸹鸹悠即猫头鹰）在远处叫，好像一个人在笑。天很蓝。月亮很大。我问朱兴福："今天十五了？"

"十四。"

一九九二年七月二十三日

尴　尬

农业科学研究是寂寞的事业。作物一年只生长一次。搞一项研究课题，没有三年五载看不出成绩。工作非常单调。每天到田间观察、记录，整理资料，查数据，翻参考书。有了成果，写成学术报告，送到《农业科学通讯》，大都要压很长时间才能发表。发表了，也只是同行看看，不可能产生轰动效应。因此农业科学研究人员老得比较快。刚入所的青年技术员，原来都是胸怀大志、朝气蓬勃的，几年磨下来，就蔫了。有的就找了对象，成家生子，准备终老于斯了。

生活条件倒还好。宿舍、办公室都挺宽敞，设备也还可以。所里有菜园、果园、羊舍、猪舍、养鸡场、鱼塘、蘑菇房，还有一个小酒厂，一个漏粉丝的粉坊。鱼、肉、禽、蛋、蔬菜、水果不缺，白酒、粉丝都比外边便宜。只是精神生活贫乏。农科所在镇外，镇上连一家小电影院都没有。有时请放映队来放电影，都是老片子。晚上，大家都没有什么事。

只有小魏来的那几天，农科所才热闹起来。小魏是省农科院的技术员。她搞农业科学是走错了门（因为她父亲是农大教授），她应该去演话剧、演电影。小魏长得很漂亮，大眼睛，目光烁烁，脸上表情很丰富，性格健康、开朗。她话很多，说话很快。到处听见她大声说话，哈哈大笑。这女孩子（其实她也不小了，已经结了婚，生过孩子）是一阵小旋风。她爱跳舞，跳得很好。她教青年技术员跳舞，把他们一个一个都拉下了海。他们在大食堂里跳，所里的农业工人，尤其女工，就围在边上看。她拉一个女工下来跳，女工笑着摇摇头，说："俺们学不会！"

小魏是到所里来抄资料的，她每次来都要住半个月。这半个月，农科所生气勃勃。她一走，就又沉寂下来。

这个所里有几个岁数比较大的高级研究人员——技

师。照日本的说法是"资深"科技人员。

一个是岑春明。他在本地区、本省威信都很高。他是谷子专家，培养出好几个谷子良种，从"冀农一号"到"冀农七号"。谷子是低产作物。他培养的良种都推广了，对整个专区的谷子增产起了很大作用。他一生的志愿是摘掉谷子的"低产作物"的帽子。青年技术员都很尊重他。他不拿专家的架子，对谁都很亲切、谦虚。有时也和小青年们打打乒乓球。照农业工人的说法，他"人缘很好"。他写的论文质量很高，但是明白易懂，不卖弄。他有个外号，叫"俊哥儿"，因为他年轻时长得很漂亮。这外号是农业工人给他起的。现在四十几岁了，也还是很挺拔。他穿衣服总是很整齐、很干净，衬衫领袖都是雪白的。他的头发梳得一丝不乱。冬天也不戴帽子。他的夫人也很漂亮，高高的个儿，衣着高雅，很有风度。他的夫人是研究遗传工程的，这是尖端科学，需要精密仪器，她只能在省院工作，不能调到地区，因为地区没有这样的研究条件。他们两地分居有好几年了。她只能每个月来住三四天。每回岑春明到火车站去接她，他们并肩走在两边长了糖槭树的路上，农业工人就啧啧称赞："啧啧啧！这真是天造地设的一对！"

岑春明会拉小提琴，以前晚上常拉几个曲子。后来提琴的 E 弦断了，他懒得到大城市去配，就搁下了。

另外两个技师是洪思迈和顾艳芬。他们是两口子。

洪思迈说话总是慢条斯理，显得很深刻。他爱在所里的业务会议上作长篇发言。他说的话是报纸刊物上的话，即"雅言"。所里的工人说他说的是"字儿话"。他写的学术报告也很长，引用了许多李森科和巴甫洛夫的原话。他的学问很渊博。他常常在办公室里向青年技术员分析国际形势，评论三门峡水利工程的得失，甚至市里开书法展览会，他也会对"颜柳欧苏"发表一通宏论。他很有优越感。但是青年技术员并不佩服他，甚至对他很讨厌。他是蔬菜专家，蔬菜研究室主任。技术员叫岑春明为老岑，对他却总称之为洪主任。

顾艳芬是研究马铃薯的，主要是研究马铃薯晚疫病。这几年的研究项目是"马铃薯秋播留种"。她也自以为很有学问。顾艳芬长得相当难看。个儿很矮。两个朝天鼻孔，嘴很鼓，给人的印象像一只母猴。穿的衣服也不起眼，干部服，不合体。周年穿一双厚胶底的系带的老式黑皮鞋，鞋尖微翘，像两只船。

洪思迈原来结过婚，家里有媳妇。媳妇到所里来过，据工人们说：头是头，脚是脚，很是样儿。他和原来的媳妇离了婚，和顾艳芬结了婚。大家都纳闷，他为什么要跟原来的媳妇离婚，和顾艳芬结婚呢？大家都觉得是顾艳芬追的他。顾艳芬怎么把洪思迈追到手的呢？不便猜测。

她和洪思迈生了两个女儿，前后只差一岁。真没想到顾艳芬会生出这么两个好看的女儿。镇上没有幼儿园，两个孩子就在所里到处玩。下过雨，泥软了，她们坐在阶沿上搓泥球玩，搓了好多，摆了一溜。一边搓，一边念当地小孩的童谣：

圆圆，

弹弹，

里头住个神仙。

神仙神仙不出来，

两条黄狗拉出来。

拉到那个哪啦？

拉到姑姑洼啦。

姑姑出来骂啦。

骂谁家？

骂王家，

王家不是好人家！

尴尬

岑春明和洪思迈两家的宿舍紧挨着，在一座小楼上。小楼的二层只有他们两家，还有一间是标本室。两家关系很好，很客气。岑春明的夫人来的时候，洪思迈和顾艳芬都要过来说说话。

顾艳芬怀孕了！她已经过了四十岁，一般这样的年龄是不会怀孕的，但也不是绝对没有。已经怀了三个月，顾艳芬的肚子很显了，瞒不住了。

洪思迈非常恼火，他找到所长兼党委书记去反映，说："我患阳痿，已经有两年没有性生活，她怎么会怀孕？"所长请顾艳芬去谈谈。顾艳芬只好承认，孩子是岑春明的。

这件事真是非常尴尬。三个人都是技师，事情不好公开。党委开了会，并由所长亲自到省里找领导研究这个问题。最后这样决定：顾艳芬提前退休，由一个女干部陪她带着两个女儿回家乡去；岑春明调到省农科院，省里前几年就要调他。

顾艳芬在家乡把孩子生下来了。是个男孩。

对于这回事，所里议论纷纷：

"真没有想到。"

"老岑怎么会跟她！"

"发现怀了孕不做人流？还把孩子生下来了。真不可理解！她是怎么想的？"

岑春明到省院还是继续搞谷子良种栽培。他是省劳模，因为他得了肺癌，还坚持研究，到田间观察记录。省电视台还为他拍了专题报道片。

顾艳芬四十几岁就退休，这不合乎干部政策，经省里研究，调她到另一个专区工作。

洪思迈提升了所长，但是他得了老年痴呆症。

一九九二年七月二十七日

生前友好

他是剧院的电工。剧院现在不演现代戏，传统戏只要打个大平光，把台上照亮了就行了，有演出，他上剧场去，没有多少事。白天，到院部上班，很准时。院部也没有多少事，有时电线短路，保险丝烧断了，灯泡憋了，需要修理一下，也都是举手之劳。但是他整天在院部各处走来走去，屁股后面佩了一个插了全部电工工具的皮套。他人很瘦小，这个全副武装的皮套对他说起来显得有点过于沉重。但是他愿意整天佩戴着，这样才显出他是电工，是技术人员，和管衣箱的箱倌、刮片子的梳头桌师傅不一样。

他有两个特点，一个是爱吃辣，一个是爱参加追悼会。

前门饭店餐厅有一个时候对外营业，菜品不多，但是是正宗川味，而且价钱不贵。有些菜是别的川菜馆里不易吃得着的，比如白萝卜炖牛肉。麻婆豆腐做得很地道，豆腐很嫩，泛着一层红油。这位电工师傅几乎每天中午都到前门饭店吃饭，要一个麻婆豆腐，四两米饭。有剧院的熟人来，——多半是二路演员、打鼓佬，他必要点头招呼，并说：

"就爱吃个辣！"

好像这是值得骄傲的事。他有理由骄傲，剧院的三路角以下的"苦哈哈"能每天上前门饭店吃饭的，不多。他对只吃窝头炸酱面的主儿，看不起。

剧院有六七百号人，死人的事是经常发生的。人死了，要开追悼会。电工师傅早打听好了，追悼会哪天开。头一天就作好了心理准备。不管是谁的追悼会他都参加，从不缺席，特别是名角的追悼会，尽管这些名角没跟他说过话。开往八宝山的大轿车停在院子里，车门一开，他头一个上去。他总是坐在最后一排。

奏哀乐，向遗像三鞠躬，剧院的负责人致悼词，在礼堂里走一圈，向遗体告别，一切如仪。电工师傅脸上很严肃，但是不掉眼泪。

大轿车从八宝山开回来，电工师傅到前门饭店吃麻婆豆腐。

他觉得这一天过得很有意思。

一九九三年八月二十一日

熟　人

　　"您好哇？有日子没有见了。"

　　"您遛弯儿？——这个'弯儿'不错。有水，有树。"

　　"今儿天气不错。挺好。不冷不热的。有点儿小风。舒服。"

　　"您身体好？气色不错。红扑扑儿的。"

　　"家里都好？"

　　"老爷子身子骨还那么硬朗？有八十了吧？"

　　"孩子都好？上大学了吧？"

　　"您还在那儿住吗？"

　　"你是谁？我不认识你！"

迟开的玫瑰或胡闹

邱韵龙是唱二花脸的。考科班的时候，教师看看他的长相，叫他喊两嗓子，说："学花脸吧。"科班教花脸戏，头几年行当分得没有那样细，一般的花脸戏都教。学花脸的，谁都愿意唱铜锤，——大花脸，大花脸挣钱多。邱韵龙自然也愿学大花脸。铜锤戏，《大（保国）、探（皇陵）、二（进宫）》《御果园》《锁五龙》……这些戏他都学过。但是祖师爷没赏他这碗饭，他的条件不够。唱铜锤得有一条好嗓子。他的嗓子只是"半条吭"（"吭"字读阴平），一般铜锤戏能勉强唱下来，但是"逢高不起"，遇有高音，只是把字报出来，使不了大腔，往往一句腔的后半截就"交给胡琴"。内行所谓"龙音""虎音"，他没有。不响堂，不打远，不挂味。铜锤要求有个好脑袋。最好的脑袋要数金少山。铜锤要有个锛儿头（大脑门儿），金少山有；大眼睛，他有；高鼻梁、高颧骨，有；方下巴、大嘴叉，有！这样扮出戏来才好看。可是邱韵龙没有。他的脑袋不小，但是圆乎乎的，肌肉松弛，轮廓不清楚，嘴唇挺厚，无威猛之气。唱铜锤也要讲身材，得是高个儿、宽肩膀、细腰，这样穿上蟒、靠，尤其是箭衣，才是样儿。邱韵龙个头不算很矮，但是上下身比例不对，有点五短。而且小时候就是个挺大的肚子，他还不大服气。出科以后，唱了几年，有了点名气，他曾经约了一个唱青衣的坤角贴过一出《霸王别姬》。一出台，就招了一个敞笑。霸王的脸谱属于"无双谱"，既不是"三块瓦"，也不是"十字门"，眼窝朝下耷拉着，是个"愁脸"。这样的脸谱得是个长脸勾出来才好看。杨小楼是个长脸，勾出来好看。可是邱韵龙的脸短，勾出来不是样儿，再加上他的五短身材、大肚子，后台看他扮出戏，早就窃窃地笑开了：活脱像个熊猫。打那以后，他就死了唱大花脸这条心。他学过架子花，《醉打山门》《芦花荡》这些戏也都会，但是出科就没有唱过。架子花要"身上"、要功架、要腰腿、要脆、要媚，他自己知道，以他那样的身材，唱这样的戏讨不了俏。因此，他唱偏重文戏的二花脸。他自有优势。他会"做戏"，台上的"尺寸"比较好，"傍""角儿"演戏傍得很"严"。他的最好的戏是《四进士》的顾读，"一公堂""二公堂"烘托得很有气氛。他有一出算是主角的戏（二花脸多是配角），是《野猪林》。《野猪林》的鲁智深得祖着肚子，正合适。全国唱花脸的都算上，要找这么个肚子，还真找不出来。他唱戏很认真，不懈场，不"撒儿哄"，不洒汤，不漏水。他奉行梨园行的一句格言："小心干活，大胆拿钱"。因此名角班社都愿用他。他是个很称职的二路。海报上、报纸广告上总有他的名字，在京剧界"有这么一号"。他挣钱不少。比起挑班儿唱红了的"好角"，没法儿比；比起三路、四路乃至"底帏子"，他可是阔佬。"别人骑马我骑驴，回头再看推车的汉，——比上不足，比下有余。"

他在戏班里有一种优越感，他的文化程度比起同行师兄弟，要高出一截，用他自己的说法，是"头挑"。唱戏的，一般都是"幼而失学"，他是高小毕了业的。打小，他爱瞧书、瞧报。他有个叔叔，是个小学教员，有一架子书，他差不多全看过。在戏班里，能看"三列国"（《三国演义》《东周列国志》，戏班里合称之为

"三列国"），就是圣人。他的书底子可远远超过"三列国"了。眼面前的小说，不但是《西游》《水浒》《红楼》，全都看得很熟，就连外国小说《基督山恩仇记》《茶花女》《莎氏乐府本事》，也都记得很清楚。他还有一样长处，是爱瞧电影、国产片、外国片——主要是美国电影，都看。他能背出很多美国电影故事和美国电影明星的名字。不过他把美国明星的名字一律都变成北京话化了。他叫卓别林为贾波林，秀兰·邓波儿为沙利邓波，范朋克成了"小飞来伯"，把奥丽薇得哈弗兰（这个名字也实在太长）简化为哈惠兰，而且"哈"字读成上声，听起来好像是家住牛街的一位回民姑娘。他的叔叔鼓励他看电影，以为这对他的舞台表演有帮助。那倒也是。他会做戏，跟瞧电影多不无关系。更重要的是许多缠绵悱恻、风流浪漫的电影故事于不知不觉之中对他产生了影响，进入了潜意识。

他熟知北京的掌故、传说、故事、新闻。他爱聊，也会聊。戏班里的底包，尤其是跑龙套、跑宫女的年轻人，很爱听他话。什么四大凶宅、八大奇案，每天说一段，也能说个把月，不亚于王杰魁的《包公案》，陈士和的《聊斋》。他以此为乐，也以此为荣。试举他说过不止一次的两件奇闻为例：

有一个老花子在前门、大栅栏一带要饭。有一天，来了一个阔少，趴在地下就给老花子磕了三个头："哎呀爸爸！您怎么在这儿，儿子找了您多少年了！快跟我回家去吧！"老花子心想：这是哪儿的事呀？我怎么出来个儿子，——一个阔少爷！不管它，家去再说！到了家，给老太爷更衣，到澡堂洗澡，剃头，戴上帽盔儿：嗨，还真有个福相。带着老太爷吃馆子、看戏。反正，怎么能讨老太爷喜欢怎么来。前门一带，这就嚷嚷动了：冯家的少爷（不知是哪位闲人，打听到这家姓冯）认了失散多年的老父亲。每逢父子俩坐着两辆包月车，踩着脚铃，一路叮叮当当地过去，总有人指指点点，谈论半天。天凉了，该给老太爷换季了。上哪儿买料子，——瑞蚨祥。扶着老太爷，挑了好些料子，绸缎呢绒，都是整匹的，外搭上两件皮筒子，一件西狐肷，一件骆绒，都是贵重的稀物。一算账，哎呀，带的钱不够。"这么着吧，我回去取一趟，让老爷子在这儿坐会儿。东西，我先带着。我一会儿就来。快！"

瑞蚨祥的上上下下对冯大少都有个耳闻，何况还有老太爷在这儿坐着呢。掌柜的就说："没事，没事！您尽管去。"一面给老太爷换了一遍茶叶。不想一等也不来，二等也不来，过了两个钟头了，掌柜的有点犯嘀咕，问："老太爷，您那少爷怎么还不来？"——"什么少爷！我跟他不认识！"掌柜的这才知道，受了骗了。行骗，总得先下点本儿，花一点时间。

廊坊头条的珠宝店，现在没有多少值钱的东西了，在以前，哪一家每天都要进出上万洋钱。有一家珠宝店，除了一般的首饰，专卖钻戒。有一天，来了一位阔少，要买钻戒。二柜拿出三盒钻戒请他挑。他坐在茶几旁边的椅子上，一面喝茶，一面挑选，左挑右挑，没有中意的。站起来，说了一声："对不起，麻烦你们了！"这就要走。二柜喊了一声："等等！"他发现钻戒少了一只。"你们要怎么样？"——"我们要搜！"——"搜不出来呢？"——"摆酒请客，赔偿名誉损失！""请搜。"解衣服，脱袜子，浑身上下，搜了一个遍：没有。珠宝店只好履行诺言，请客、赔偿。二柜直纳闷，这只钻戒是怎么丢的呢？除了柜上的伙计，顾客就他一个人呀。过了一些日子，珠宝店刷洗全堂家具，一个伙计在茶几背面发现一张膏药的痕迹，膏药当中正是那只钻戒的印子。原来，阔少挑钻戒时把这只钻戒贴在了茶几背面，过了几天，又由别的人来取走了。贴钻戒，这要手疾眼快。骗案，大都不是一个人，必有连裆。

邱韵龙把这些奇闻说得活灵活现，好像他亲眼目睹似的。其实都有所本。头一件奇闻，出于《三刻拍案惊奇》第九回。第二件奇闻的出处待查。他话的故事大都出于坊刻小说或《三六九画报》之类的小报。有些是道听途说。比如他说川岛芳子（金碧辉）要敲翡翠大王铁三一笔竹杠，铁三把她请到家里去，打开珍宝库的铁门，请她随便挑。这么多的"水碧"，连金碧辉也没有见过。她拿了一件，从此再不找铁三的麻烦。这件事就不知道可靠不可靠。不过铁三他是见过的，他说铁三有那么多钱，可是自奉却甚薄，爱吃个芝麻烧饼，这也有几分可信。金碧辉他也见过，经常穿着男装，或长袍马褂，或军装大马靴，爱到后台来鬼混。金碧辉枪毙，他没有赶上。有一个敌伪时期的汉奸，北京市副市长丁三爷绑赴刑场，他是看见的。这位丁三爷恶迹很多，但是对梨园行却很照顾。有戏班里的人犯了事，叫公安局或侦缉队薅去了，托一个名角去求他，他一个电话，就能把人要出来。因此，戏班里的人对他很有好感。那天，邱韵龙到前门外去买茶叶，正好赶上。他亲眼看到丁三爷五花大绑，押在卡车上。不过他没有赶去看丁三爷挨那一枪。他谨遵父亲大人的庭训：不入三场——杀场、火场、赌场。

不但上海绿宝之类的赌场他没有去过，就是戏班里耍钱，他也概不参加。过去，戏班赌风很盛，后台每天都有一桌牌九。坐庄的常是一个唱大丑的李四爷。他推出一条，开了门，手里控着色子，叫道："下呀！下呀！"人家纷纷下注。邱韵龙在一旁看着，心里冷笑：今天你下了，明天拿什么蒸（窝头）呀！

他不赌钱、不抽烟、不喝酒，唯一的爱好是吃。吃肉，尤其是肘子，冰糖肘子、红焖肘子、东坡肘子、锅烧肘子、四川菜的豆瓣肘子，是肘子就行。至不济，上海菜的小白蹄也凑合了。年轻的时候，晋阳饭庄的扒肘

子，一个有小二斤，九寸盘，他用一支筷子由当中一
豁，分成两半，掇过盘子来，呼噜呼噜，几口就"喝"
了一半；把盘子掉个边，呼噜呼噜，那一半也下去了。
中年以后，他对吃肉有点顾虑。他有个中医朋友，是心
血管专家，自己也有高血压心脏病，也爱吃肉吃肘子。
他问他："您是大夫，又有这样的病，还这么吃？"大
夫回答他："他不明儿才死吗？"意思是说：今天不死，
今天还吃。邱韵龙一想：也有道理！

　　邱韵龙精于算计。有时有几个师兄弟说："咱们来
一顿"，得找上邱韵龙，因为他和好几家大饭馆的经
理、跑堂的、掌勺的大师傅都熟，有他去，价廉物美。
"来一顿"都是"吃公墩"，即"打平伙"，费用平摊。
饭还没有吃完，他已经把账算出来，每人该多少钱，大
家当场掏钱，由他汇总算账，准保一分也不差。他有时
也请请客，有一个和他是"发小"，现在又当了剧团领
导的师弟，他有时会约他出来吃一顿小吃，那不外是南
横街的卤煮小肠、门框胡同的褡裢火烧、朝阳门大街的
门钉肉饼，那费不了几个钱。

　　他二十二岁结的婚，娶的是著名武戏教师林恒利
的女儿，比他大两岁。是林恒利相中的。他跟女儿说：
"你也别指望嫁一个挑班唱头牌的，我看也不会有唱头

牌的相中你。再说，唱头牌的哪个不有点花花事儿？那气，你也受不了。我看韵龙不错，人老实。二牌，钱不少挣。"托人一说，成了。媳妇模样平常，人很贤惠，干什么都是利利索索的。他们生了个女儿。女儿像韵龙，胖乎乎的，挺好玩。邱韵龙爱若掌上明珠，常带她到后台来玩。媳妇每天得给他捉摸吃什么，不能老是肘子。有时给他煽一个锅子（涮羊肉），有时煨牛（肉），或是炒一盘羊尾巴油炒麻豆腐[①]。一来给他调剂调剂，二来也得照顾照顾女儿的口味。女儿读了外贸学院，工作了，结婚了，生孩子了。一转眼，邱韵龙结婚小四十年了。一家子过得风平浪静，和和美美。

　　万万没有想到：邱韵龙谈恋爱了！

　　消息传开了，很多人都不相信。

　　"邱韵龙谈恋爱？别逗啦！"

　　"他？他都六十出头啦！"

　　"谁要他呀？这么大的肚子！"

　　事实就是事实，邱韵龙不否认。

---

① 麻豆腐是制粉丝下脚料，本身很便宜，但配料费钱，羊尾巴油不易得到。

女的是公共汽车公司卖月票的售票员，模样不错，照邱韵龙的说法是："高鼻梁，大眼睛，一笑俩酒窝"。她四十几了，一年前死了丈夫。因为没有生过孩子，身材还挺苗条，说是三十大几，也说得过去。邱韵龙每月买月票，渐渐熟了，每次隔着售票处的窗口，总要搭搁几句。有一次，女的跟他说："我昨儿晚上瞧见您了，——在电视里。"——"你瞧见了吗？"那是一次春节晚会，有一个游艺节目，电影明星和体育健将的排球赛，——用氢气球，只许用头顶，邱韵龙是裁判。那天他穿了一件大花粗线毛衣，喊着裁判口令："红队，得分！"——"蓝队，过网击球，换发球！"本来这是逢场作戏，逗人一乐的事，比赛场内外笑声不绝，邱韵龙可是认真其事，奔过来，跑过去，吹哨子，叫口令，一丝不苟，神气十足。"您真精神！样子那么年轻，一点不显老！"——"是吗？"邱韵龙就爱听这句话，心里美不滋儿的。邱韵龙送过两回戏票，请她看戏。两个人看过几场电影，吃过几回小馆子。说话这就到夏天了，他们逛了一回西山八大处。回来，邱韵龙送她回家。天热，女的拧了一个手巾把儿递给他："您擦擦汗。我到里屋擦把脸，你少坐一会儿。"过了一会儿，女的撩开门帘出来：一丝不挂。

有人劝邱韵龙："您都这么大的岁数了，您这是干什么？"

邱韵龙的回答是："你说吃，咱们什么没吃过？你说穿，咱们什么没穿过？就这个，咱们没有干过呀！"

女的不愿这么不明不白、偷偷摸摸地过，她让他和老婆离婚，和她正式结婚。

他回家和老婆提出，老婆说："你说什么？"

他的一个弟妹（师弟的媳妇）劝他不要这样，他说：

"我宁精精致致地过几个月，也不愿窝窝囊囊地过几年。"

这实在是一句十分漂亮，十分精彩的话，"精精致致"字眼下得极好，想不到邱韵龙的厚嘴唇里会吐出这样漂亮的语言！

他天天跟老婆蘑菇，没完没了。最后说："你老不答应，赶明儿那大红花①叫别人戴上了，你心里不难受呀？"

他的女儿听到母亲告诉她父亲的原话，说："这是

---

① 做新郎，例于胸前戴绢制大红花一朵。

什么逻辑！"

老婆叫他纠缠得没有办法，说："离！离！"他自觉于心有愧，什么也没有带，大彩电、电冰箱、洗衣机、成堂沙发、组合家具，全都留给发妻，只带了一个存折、两箱衣裳，"扫地出门"，去过他那精精致致的日子去了。

他很注意保重身体。家里五屉柜一个抽屉里装的都是常用药。血压稍有波动，只要低压超过九十，高压超过一三〇，就上医务室要降压灵。家里常备氧气袋，见了过了六十的干部就奉劝道："像咱们这个年龄，一定要有氧气袋！"他还举出最近逝世的两个熟人，说："那样的病情，吸一点氧气就过来了。家里人无知呀！"他犯过两次心绞痛，都不典型，心电图看不出太大的问题。这一天，他早餐后觉得心脏不大舒服，胸闷气短，就上医院去看看。医院离他家——他的新居很近，几步就到了，他是步行去的。他精神还挺好。头戴英国兔毛呢便帽，——唱花脸的得剃光头，不能留发，所以他对帽子就特别在意，他有好几顶便帽，都是进口货；穿着铁灰色澳毛薄呢大衣，脚下是礼服呢千层底布鞋，——他不爱穿皮鞋，上面不管穿什么，哪怕是西服，脚下也总是礼服呢面布鞋。他双手插在大衣兜里，缓缓地，然而是轻轻松松地在人行道上走着，像一个洋绅士在散步。他自我感觉良好，觉得自己很潇洒。觉得自己有一种美。这种美不是泰隆保华、罗拔泰勒那样的美，这是"旱香瓜——另一个味儿"。他觉得自己很有艺术家的气质、风度，他很有自信。这种自信在他恋爱之后就更加强化、更加实在了。他时时不免顾影自怜——在商店大橱窗的反光的玻璃前一瞥他自己的风采，他原以为没有事儿，上医院领一点药就回来了，没想到左前胸忽然剧痛，浑身冷汗下来了，几乎休克过去。医生一检查，当即决定，住院抢救：大面积心肌梗死。

住院抢救，须有家属陪住。叫谁来陪住呢？他的虽已登记、尚未正式结婚的新夫人不便前来，医院和剧团领导研究，还是得请他已经离婚的原配夫人来。

到底是结发夫妻，他的原先的老伴接到通知，二话没说，就到医院里来了，对他侍候得很周到。他大小便失禁，拉了一床，还得给人家医院洗床单。他神志清醒，也很知情，很感激。

他还没有过危险期，但是并没有把日子过糊涂了。正是月初，发薪的日子，他跟老伴说："你去给我把工资领来。"老伴说："你都病成这相儿了，还惦着这个干什么？"——"你去给我领来，我爱瞧这个！"老伴给他领来了工资，把一沓人民币放在他的枕边。他看了看人民币，一笑而逝。享年六十二岁。

他死后，由于种种原因，没有开追悼会。悼词不好写，写什么？追悼会的会场上家属位置上谁站着？

他死后，剧团的同事说："邱韵龙简直是胡闹！"

他的女儿说："我爸爸纯粹是自己喴①的！"

一九九〇年十月三日

①"喴"是地道北京话，有自作自受、自己找死的意思，但语气更重。

窥　浴

岑明是吹黑管的，吹得很好。在音乐学院附中学习的时候，教黑管的老师虞芳就很欣赏他，认为他聪明，有乐感，吹奏有感情。在虞芳教过的几班学生中，她认为只有岑明可以达到独奏水平。音乐是需要天才的。

附中毕业后，岑明被分配到样板团。自从排练样板戏以后，各团都成立了洋乐队。黑管在仍以"四大件"为主的乐队里只是必不可少的装饰，一晚上吹不了几个旋律。岑明一天很清闲。他爱看小说。看《红与黑》，看D.H.劳伦斯。

岑明是个高个儿，瘦瘦的，卷发。

他不爱说话，不爱和剧团演员、剧场职员说一些很无聊的荤素笑话。演员、职员都不喜欢他，认为他高傲。他觉得很寂寞。

俱乐部练功厅上有一个平台，堆放着纸箱、木板等等杂物。从一个角度，可以下窥女浴室，岑明不知道怎么发现了这个角落。他爬到平台上去看女同志洗澡。已经不止一次。他的行动叫一个电工和一个剧场的领票员发现了，他们对剧场的建筑结构很熟悉。电工和领票员揪住岑明的衣领，把他拉到练功厅下面，打他。

一群人围过来，问：

"为什么打他？"

"他偷看女同志洗澡！"

"偷看女同志洗澡？——打！"

七八个好事的武戏演员一齐打岑明。

恰好虞芳从这里经过。

虞芳看到，也听到了。

虞芳在乐团吹黑管，兼在附中教黑管。她有时到乐团练乐，或到几个剧团去辅导她原来的学生，常从俱乐部前经过，她行步端庄，很有风度。演员和俱乐部职工都认识她。

这些演员、职员为什么要打岑明呢？说不清楚。

他们觉得岑明的行为不道德?

他们是无所谓道德的观念的。

他们觉得自己受到了侵犯,甚至是污辱(他们的家属是常到女浴室洗澡的)。

或者只是因为他们讨厌岑明,痛恨他的高傲,他的落落寡合,他的自以为有文化、有修养的劲儿。这些人都有一种潜藏的、严重的自卑心理,因为他们自己也知道,他们是庸俗的、没有文化的、没有才华的、被人看不起的。他们打岑明,是为了报复,对音乐的、对艺术的报复。

虞芳走过去,很平静地说:

"你们不要打他了。"

她的平静的声音产生了一种震慑的力量。

因为她的平静,或者还因为她的端庄、她的风度,使这群野蛮人撒开了手,悻悻然地散开了。

虞芳把岑明带到自己的家里。

虞芳没有结过婚,她有过两次恋爱,都失败了,她一直过着单身的生活。音乐学院附中分配给她一个一间居室的宿舍,就在俱乐部附近。

"打坏了没有?有没有哪儿伤着?"

"没事。"

窥浴

189

虞芳看看他的肩背，给他做了热敷，给他倒了一杯马蒂尼酒。

　　"他们为什么打你？"

　　岑明不语。

　　"你为什么要爬到那么个地方去看女人洗澡？"

　　岑明不语。

　　"有好看的吗？"

　　岑明摇摇头。

　　"她们身上有没有音乐？"

　　岑明坚决地摇了摇头："没有！"

　　"你想看女人，来看我吧。我让你看。"

　　她很年轻。双腿修长。脚很美。

　　岑明一直很爱看虞老师的脚。特别是夏天，虞芳穿了平底的凉鞋，不穿袜子。

　　虞芳也感觉到他爱看她的脚。

　　他有点晕眩。

　　他发抖。

　　她使他渐渐镇定了下来。

　　（肖邦的小夜曲，乐声低缓，温柔如梦……）

毋 忘 我

徐立和吕曼真是一对玉人。徐立长得有点像维吾尔族人，黑而长的眉毛，头发有一点鬈。吕曼真像一颗香白杏。他们穿戴得很讲究，随时好像要到照相馆去照相。两人感情极好。每天早晨并肩骑自行车去上班，两辆车好像是一辆，只是有四个辘轳，两个座。居民楼的家属老太太背后叫他们是"天仙配"。这种赞美徐立和吕曼也知道，觉得有点俗，不过也还很喜欢。

吕曼死了，死于肺癌，徐立花了很高的价钱买了一个极其精致的骨灰盒，把吕曼骨灰捧回来。他把骨灰盒放在写字台上。写字台上很干净，东西很少，左侧是一盏台灯，右侧便是吕曼的骨灰盒。骨灰盒旁边是一个白瓷的小花瓶，花瓶里经常插一枝鲜花。马蹄莲、康乃馨、月季……有时他到野地里采来一丛蓝色的小花。有人问："这是什么花？"

"Forget-me-not"

过了半年，徐立又认识了一个女朋友，名叫林茜。林茜长得也很好看，像一颗水蜜桃。林茜常上徐立家里来。来的次数越来越多，走得越来越晚。

他们要结婚了。

少不得要置办一些东西。丝绵被、毛毯、新枕套、床单。窗帘也要换换。林茜不喜欢原来窗帘的颜色。

林茜买了一个中号唐三彩骆驼。

"好看不好看？"

"好看！你的审美趣味很高。"

唐三彩放在哪儿呢？哪儿也不合适。林茜几次斜着眼睛看那骨灰盒。

第二天，骨灰盒挪开了。原来的地方放了唐三彩骆驼。骨灰盒放到哪里呢？徐立想了想，放到了阳台的一角。

过了半年，徐立搬家了。

什么都搬走了，只落下了吕曼的骨灰盒。

他忘了。

要　账

张老头八十六了（我很反对把所有数目字都改成阿拉伯字，那样很别扭），身体还挺好，只是耳朵聋，有时糊涂。有一次他一个人到铁匠营去，找不到自己的家了。他住在蒲黄榆，从蒲黄榆到铁匠营只有半站地。从此他就不往离他的家十步以外的地方溜达。他总是在他所住的居民楼的下面的墙根底下坐着，除了刮大风、下雨、下雪。带着他的全部装备：一个马扎，一个棉垫子，都用麻绳吊在一起；一个紫红色的尼龙绸口袋，里面装的是眼镜盒，——他其实不看报，烟卷——他抽的是最次的烟，烟嘴，火柴……他手指上戴了三四个黄铜的戒指，纽扣孔里拖出一条钥匙链，一头塞在左上角衣兜里，仿佛这是一个怀表，——他"感觉"这就是怀表。他的腕子上经常套着山桃核的手串；有时是山核桃的，有时甚至是一串算盘珠。除了回家吃饭，他一天就这么坐着。

他不是一段木头，是个人。是人，脑子里总要想一些事。

这几个月来他天天想的一件事是他要到天津跟老李要账。老李欠他五十块钱，他要去要回来。他跟他的二儿子说，叫儿子陪他上天津去。儿子说："老李欠你五十块钱？我怎么没听说过？这是哪儿的事呀？"——"你知不道！那是俺们在天津'跑腿儿'时候的事，你知不道，你还年轻！"儿子被他纠缠不过，只好陪他上了一趟天津，七拐八弯到处打听，总算把老李找到了。

李老头也八十多了。

老哥俩见面倒还都认识。

奉了茶，敬了烟，李老头说：

"张大哥身子骨还挺硬朗？"

"硬朗着呐！"

"您咋会上天津来啦？有事？找人？"

过去有那么一路人，人家有什么事，他去帮忙打杂，叫作"跑腿儿"。

"有事！找人！"

"找谁？"

"找你！"

"找我有什么事？"

"找你要账。"

"找我要账？我欠你的账？"

"欠。"

"什么时候我欠过你的账？"

"那年，还是在咱们跑腿儿的时候，咱们合计过，合伙开一个煤铺，有这事没有？"

"有。"

"咱们合计，一个拿出五十块钱，有这事没有？"

"有。"

"你没拿这五十块钱，是不？"

"这事没有弄成，吹了。"

"管他吹了不吹了。你答应拿出五十块钱，你没拿，你欠我五十块钱，这钱你得还我。"

"你也答应拿五十块钱，你也没拿呀！"

"那是我的事，你不用管。你还我钱。"

两个老头吵得不可开交，只好上派出所去解决。

值班的民警听了两个老头的申诉，说：

"李老头和张老头合计合伙开煤铺，李老头答应拿出五十块钱，李老头没拿，李老头欠张老头五十块钱。现在判决李老头拿出五十块钱还给张老头。"

张老头胜诉，喜笑颜开。李老头只好拿出五十块钱，心里不服。

值班民警继续说：

"张老头答应拿出五十块钱，也没有拿，张老头欠李老头五十块钱，应该偿还。现决定，张老头将李老头还给张老头的五十块钱还给李老头。现在，谁也不欠谁的钱了，问题就这样解决了，你们都回去吧。"

张老头从天津回到北京，一直想不通。他一直认为李老头欠他的钱，整天想这件事。

张老头再活十年没有问题，他会想这件事想十年。

绿　猫

山沓水匝，树杂云合，

目既往还，心亦吐纳。

春日迟迟，秋风飒飒，

情往似赠，兴来如答。

——《文心雕龙·物色篇》

刚才我想的什么？——又一辆汽车飞驶而过，震得我好不难受。像什么呢，像什么呢，说不出像什么。汽车回家，汽车们回家了。（汽车"们"？）这时候还有什么叫卖声音？叫的是什么？还有三轮车，白天怎么听不到三轮车轮轴吱吱吲吲地响？——我为什么那么钝，为什么一无所知，为什么跟一切都隔了一层，为什么不能掰开撕开所有的东西看？为什么我毫无灵感、蠢涸麻木？为什么我不是天才！——嘻，叫卖的，你叫的什么？你说说你的故事看。你是个高的矮的？你不快乐？你没有希望？你今天晚上会做什么梦？——你汽车，你"呜——"，你好无礼！两点一刻了。——我刚才想的什么？香烟又涨了，（我抽了一支烟，）——我想什么来了？……喔，喔喔，我想过高尔基！

我想起高尔基的样子，画上的高尔基，雕像上的高尔基的样子。（我现在是什么样子？）也许不是高尔基，汤姆士·哈代，福楼拜，奥·亨利，……随便是谁。但我想的还是他，高尔基。我今天偶然翻了一本杂志，翻开来第一页就是他，他的像，（这个杂志不知刊登了多少次他的像，这位编辑也不在意？多少杂志报纸上印出过他的像了。不用写出，就知道是谁，一看就知道是谁，不看也就知道！）刻在白云石上，选了合宜光线角度而拍出来的。高尔基斜斜地坐在那儿，一脸的"高尔基"。画家雕刻家们对他那么熟悉，比对他自己工作室所在的那条街，他买纸烟的铺子，他的房东的女儿，他自己的领带还熟悉。他们用笔用斧凿在布上石头里找出一个东西，高尔基。高尔基总是穿着马靴的？他脸上都是那个样子，他从早到晚，今年到明年，无刻不是"高尔基"？如果不是那些像，我相信，如果与他擦肩而过，没有人知道他是谁。没有多少人看过了还记得他。根本在路上就不会有人看他的，即使已经知道高尔基其人，知道他是个什么样子。高尔基是什么样子？两撇胡子——什么样的胡子？有一回我们演戏，彩排的时候，化妆室里，一个演员拿了皱纹笔，抹了底子油，问导演："我来个什么样的胡子？"导演一凝眸，看了看演员脸，竖出一个指头，十分有把握："高尔基式！"——半耷拉着眼皮，作深思状。高尔基一年到头都在深思，都作深思状？——想想高尔基执笔抽烟的样子。——高尔基要是刚从理发店里出来，什么样子？——是什么意思呢？我怎么想起来这个？……

我是想起了绿猫。（高尔基，绿猫！）——现在又是叫卖得什么？什么地方有关窗声音，隔壁老头儿又咳嗽了。

我的朋友柏要写一篇小说，写绿猫，我就想起了高尔基。今天我刚好看见了高尔基。若是看到别人，我就会想到别人。

我去看我的朋友柏。

黄梅天，总是那么闷。下雨。除了直接看到雨丝，你无法从别的东西上感觉到雨。声音是也有的，但那实在不能算是"雨声"。空气中极潮湿，香烟都变得软软的，抽到嘴里也没有味，但这与"雨意"这两个字的意味差得可多么远。天空淡淡漠漠，毫无感情可言。雨下到地上，就变成了水。哪里是下什么雨，"下水"而已。（赫哈，下水！）虽然这时念一声"八表同昏"，念一声"最难风雨故人来"，觉得滑稽，可是听巷子里那个苍白的孩子一边跑，一边用稚嫩的声音哀唤：

"有破个烂个电灯泡撂出来，有破个烂个电灯泡撂出来。"

我可没有电灯泡撂给他，披上雨衣，决定还是去看看栢。虽然毫不热烈，摇曳着，支持着那点意思。

怎么样从我的住处就到了栢的住处了呢？说不上来，我就是已经到了栢的门前，伸手而敲了。"既然不是乘兴，你就不要来！"我心里自己嘀咕。王子猷呀王子猷，活在现在，你也毫不稀奇！想到你的得意杰作，我是又悲哀又生气。——才不，悲什么哀呢，生得什么气。谁也不能真正画出一幅雪夜访戴图，他不过是自得其乐。这个年头，谈不到这些，卞之琳先生说是"最不风流的时候"，有这么一句话他就活得下去，仿佛不风流害不死他。人言阿龙超，阿龙固自超，那么咱们就超吧。也罢，我明知道这门里没有什么新鲜事情，优美，崇高，陶醉迷人事情，我还是敲门。剥啄一声，我心欢喜。心里一阵子暖，我这才知道我为什么要来，我该来。门里至少有我一个朋友，在茫茫人海之中可以跟我谈话。"我好比南来的雁……"我简直要唱起来了。当然没有唱，一声"请进来"，门为我而开了。我真想说一声：

"啊栢，我真喜欢你！"

现代人都受不了舞台上的大悲剧，受不了颤抖带泪的声音，受不了"太厉害"的动作，然而虽然止于礼义也，却未尝没有发乎情的时候，他只是不让她"出来"，活生生给掐死了，而且毫不觉其残酷。当然我也不说。我为什么要怪，要不识时务，不顺应潮流。我的朋友栢是个热情人，虽然也给压得差不多坏了，但劲儿似乎还有一点。许多人加给他的评语是"天真"。当然他不是孩子似的。他天生来是个浪漫的底子，关起门来会升天入地，在现实中淘吸出点什么玩意儿来。——任是这么一个人，我也不能跟他说那一句会令他莫名其妙的话吧。如果我说，他一定愕然，看我一眼，略一点头，心里明白了，上来扶住我，扶到他椅子里坐下，甚至扶到他床上，给我倒水，有钱则为我买水果。他以为我醉了！如果我醉了，我就会接下去说：

"啊栢，你不知道我多难受，多寂寞！这是什么生活？什么时候光明才能照到'古罗马的城楼'？……"

喝醉了还是忘不了开玩笑：栢的隔壁有一位青年，一天到晚唱他的夜半歌声，而且总把"城头"唱成"城楼"。——得，我这么哩哩啦啦的，倒像我真的喝醉了！我什么都没有说，脸上微亮了一下，说了一句：

"怎么样，栢？"

见面总是这么一句。毫无意义。——不，不能是毫无意义，这至少等于说："哈，又见面了。"

"怎么样？——哎，你来得正好！"

这一句话我爱听。

"怎么啦？"

"我在写文章。"

"你写，我不搅你。我坐一会儿，看你那本书。"

"不，你来得正好，我写不出来。"

"噢，要我来打岔，好！——写的什么？"

"一个小说。"

"我看看。"

"别看！"

我已经看见了！题目：《绿猫》；第一行是

"小时候……"

栢把稿子压在一本大字典底下，给我泡茶。接过茶杯，我不由得扑哧一笑，把茶都泼了出来，泼在裤子上。我掏手绢擦裤子。——并不是爱惜裤子，就是擦擦。——是爱惜裤子，下意识里还是爱惜的。这条裤子虽然普通到不能再普通，毫无特色之可言，但小时候总有穿鲜美新衣而喜悦，而爱惜的时候。

"笑什么？"

当然，他看到我眼睛所看方向就已经明白我笑什么。

一只瘦骨伶仃的小猫蜷在桌子腿旁边。这两天正是换毛的时候，毛都一饼一饼的。毫无光泽，不能说不难看。又是下雨，更脏了。本来应当说是白地子淡黄花斑，在暗影里说不出是什么颜色。栢也好好地看了它一眼，冲我皱鼻子，扁嘴，努目而用力点了点头，鼻子里哼出一股气：

"我一定要把它染成一个绿的！"

我又笑，栢可急了，他以为我是笑他，笑他也就是说说，决不会当真把他的猫染成个绿的。他声音大，吐字切，两腿分开，作童子军操"少息"状，说：

"你瞧着！我一定染，染成个绿猫！我已经在一家理发店里问过了，有染绿的水。"

果然不错，他也看了前天的那张报纸。——我看了看他的头，新剪的，"打三下"！理发匠是顶会把所有的人弄成一样，把所有的人的风格全毁了的，顶没有"趣味"的人。你看看，把我的诗人，我们的小说家，我们的希腊艺术的小专家，我们的长眉、大眼、直鼻、嘴唇的弧度合乎理想，脑门子宽窄中度、智慧、热情、蕴藉、潇洒的栢先生弄成了什么样子！要是有画家画，有雕刻家刻，有人来喜欢，来爱，你教这些人何以为情，怎么办？这个头发式样！简直糟糕透顶，这是什么世界！栢是有他的合适的发式的。有一回，在昆明，也是下雨，栢去看我；没有打伞，也没有戴帽子，他的头发长得很长了，雨淋过，有点湿；他一进门，掏出手绢，擦额头的水滴，一扬头，把披下来的长发甩到后面去，用手那么一撩，嘻！他一刹那他真是一个栢，真美，那才是栢的头发！简直可以说，我喜欢栢就因为他有那一霎，永恒的一霎。否则，现在，这一头光可鉴人的头发马路上到处都是，多没意思！栢看起来相当滑稽可笑，现在。因为这一头头发与他周身上下，与这间屋子的一切，全不相调和——栢一定是在理发店看的那张报纸。前天报纸副刊上有一块"文人怪癖"。似乎是文人就非有怪癖不可，是副刊就得刊载无数次那样的"珍闻"。把脚浸在温水里，闻烂苹果气味，穿红衣裳，染绿头发，……抄集的人照例又必加上许多按语。按语虽各有巧妙不同，然而有一点是大都要提到的，是"这是刺激灵感之方法。"——栢有几根白头发，少年白，他自己已经不大在意了，理发匠可不肯放过，常常在剪好了，吹风上油时就会问一句：

"要不要染一染？三个月不会退的，尽管说。"

栢自然有点不耐烦。如果他有什么不高兴事情，比如，有那么一只不好看的猫这一类事情，他就会生一点气。一生气，刚好看到报上那段"文人怪癖"，他就装得极有兴趣，极关心地问：

"是不是什么颜色都能染？"

"什么颜色都能染！"

回答的不止一个人，不是那个劝他理发的理发匠，旁边好几个一起充满热情地回答。有一位女客为之神色飞舞，问其邻座另一女客：

"陈莉的头发是棕黄色的？"

陈莉是谁？看她们说话神气，大概是一个女"歌手"或是舞星吧？那位为栢理发的理发匠见自己的话为别人抢去代答，颇不高兴。栢想劝劝他，何必呢，凡事都宁可让着人些。然而似乎劝也无用，就问他一点别的，反正他就是要说说话。

"能不能染绿的？"

这就一时都答不上来了。过了一会儿，最远的一位理发匠说了：

"可以的！我见过染绿的药水。有一回，洋行里发货发错了，有一箱，打开来，是绿颜色的。——没有人要染绿的吧？你先生当然不要染绿头发？"

栢在镜子里点点头，那位刚才还似乎生了一点气的理发匠，正用一面镜子在后面照，问他满意不满意，自然总是满意，总点点头。一面，他回话：

"有人染的。不是我。我什么颜色都不染。"

大概那时他即想到染他的猫成绿色的了！

大家都说栢喜欢猫。栢也当真是喜欢的。不过教他们，尤其是她们，那么一说，简直说得喜欢猫是件可笑的事，喜欢猫的也是一种可笑的人了。我极代为不平。一听到有人无话可谈的时候谈到他，我就说："他喜欢很多东西，只要是好看的、有生命的；或是无生命而可以见出生命，见出生命之活动、之痕迹的，他无不喜欢。他从来也没有以为猫是世界上最美、最值得有的东西。"然而众口同声，我也没有工夫生那么些闲气。有时真气了，我就向栢说：

"栢，你就别喜欢猫吧！往后你什么也别喜欢了。"

可是大家非咬死了说他有猫癖不可。说这个话的，有的自己喜欢猫，援引之以壮声势。有的不喜欢猫，看不起喜欢猫的人，他们要找出这一点作为看不起栢的理由。有些，最多了，无所谓，无话可谈的时候谈谈。——都是栢那篇文章引出来的！

栢从小就与猫接近。他有个伯父，生性严苛，不苟言笑，对待任何人都是冷冷的，可是他爱猫，猫是他性命。他养了一大堆猫，最多时到过四十七头，平常也十头以上。一家之中，他伯父就是对栢还有时和蔼慈祥，因为栢可以陪他一起养猫、喂猫饭，用发梳为猫梳毛，为猫捉跳蚤，找老猫在哪里生小猫，更重要的是搬个小蒲团坐下陪他伯父一同欣赏那些名贵的猫。栢从之学会医猫病、配猫药，知道猫吃了什么要长癞，什么东西则可使猫毛丰长亮洁。他知道许多猫的名色。我只记得狸花、玳瑁、乌云盖雪、铁棒打三桃、玛瑙浆，大杏黄，小杏黄，几种最普通习见的，其余都记起来难，忘起来快。栢还说过许多如何偷借一个种，春夏间如何监视猫的交游，没有尾巴的猫与有尾巴的猫配合，生下来有几个可能有尾，几个无尾，狮子猫下小猫有几分把握能是狮子猫，等等。我说他很可以写一本《猫学》去，这样，他一开头写"小时候……"乃是自然不过的事。——不过，除了我，他很少向人谈这些。——幸好没有谈！那篇关于猫的文章，别人看了不知道怎么样，我是颇喜欢的，因为亲切。他所说的那些我有不少知道，在场，所以印象很深。文章我这里有一份，有几处，我以为还可以一看：

> 大雨忽然来了。一个青色的闪照在枫树上，我赶紧跑到柴草房里去。那是距我所在处最近的房屋。我爬上堆近屋顶的芦柴上，听水从高处流下来，顺着瓦沟流下来，响极了。訇——空心老桑树倒了，往下一压，蒲桃架塌了；我的四周越来越黑了，雨点在我头上乱跳。忽然，一转身，墙角两个碧绿绿的东西在发光！——哦，那是老黑猫。老黑猫又生了一堆小猫了。原来它每次生养都在这里！我看它们吃奶，听着雨，雨慢慢小了。

栢谈起过他们家那个小花园，而从这头猫上我可以得到二十年前他的一个影子，在那个小花园中活动。

后来，说到在昆明时候，这时候我已经认识他了。

……有一回我到一个人家去。主人不在，老妈子说："就回来的，说怕您要来，请在屋里坐坐，等等。"开了房门让我进去。主人新婚，房里的一切是才置的，全部是两个人跑酸了四条腿，一件一件精心挑选来的。颜色配搭得真是好，有一种矆矆朦胧感觉，如梦如春。我在软椅中坐了一会儿。在我看完一本画报，想换第二本时，我的眼睛为一个东西吸住了：墨绿缎墩上栖着一只小猫。小极了小极了，头尾团在一起不到一本袖珍书那么大。白地子，背上米红色逐渐向四边晕晕地淡去，一个小黑鼻子，全身就那么一点黑。我想这么个小玩意儿不知给了女主人多少欢喜。怎么一来让她在橱窗里瞥见了，做得真好。真的，我一点不觉得那是个真猫！猫要是那么小，是没有大起来；还在吃奶的小猫毛是有一块没一块的，不会那么厚薄均匀、茸茸软软的。嘿，——我这一动唤，嗖，它跳了下来，无声地落在地毯上，睁着两颗豆绿眼睛。它一点都不是假的！猫伸了个懒腰，走了。我看见那个墩子，想这团墨绿衬得实在好极了。我断信这个颜色是为了猫而选的。——这个猫是什么种？一直就是这么大？……想着，朋友进来了，我冒冒失失地说："××，你真幸福！"朋友不知道我所称赞的是哪一点，瞠目而视，直客气"哪里，哪里！"女主人微微一笑，给我拿来一个烟灰缸子过来。……

这里所说××我也认识。那个女主人呢，不少人暗暗地为她而写了诗。我们的栢兄大概也写过不止一首吧。想想他说"××，你真幸福"那股子傻愣劲儿？——这事说来也近十年了。没有十年，八年。而另外一段，我更熟悉，那时我跟栢同住在一个地方，在大学里念书的时候：

　　……得要有一个忧郁得甜蜜蜜的小院子，深深细细，缠缠绵绵，湮浸于一种古意。……

昆明是个颇合乎理想地方。一方面许多高大洋楼连二接三地生长出来，真是如同雨后春笋。一方面有戴乌绒帽勒，饰以银红丝球璎络，青布衣上挑出葱绿花纹的苗女，从山里下来，青竹篮里衬着带露羊齿叶片，用工房中唱情歌嗓子在旧宅第下马石前长喝一声"卖杨梅——"

新与旧的渗和对照，充满浪漫感。去年沙嘴是江心，呼吸于梅礼美的"残象的雅致"之中，把无可托付的心倾注在狗呀猫呀的身上的，想想看，有多少人？……

我所寄住的那一家，没有一个男人，一个五十多岁的老姑娘带两个很难说是什么身份的女孩子。他们都吃素，老姑娘念经奉佛。她们经年着一尘不染的青布衣、青布鞋，有时候忽然一齐换一天或银灰色，或藕荷色的高领窄袖子，沿边盘花扣子的老式慕本缎子衫裙；到天黑，回房才褪尽簪珥，仍是老样子，髻子辫子上留一朵淡色的或艳色的花。不知道那一天有什么事情。——不知是什么道理，鱼磬声中，一点都不是先入为主，神经过敏之见，有一种执着的悲剧气味，一种安定的寂寞，又掺杂一种不可名状的挣扎。而这一切，为一头大猫点动出来。院中一棵大白兰花树，一进门即觉得满身是绿。浓香之中，金残碧旧，一头银狐色暹罗大猫伏在阶前蒲团上打盹，或凝视庭中微微漾动的树影，耳朵竖得尖尖的，无端紧张半天，忽然又懒涣下来；住久了，慢慢的，话就越来越少了，好像没有什么可说的。……

这样的文章，即使栢是我的朋友，唯其是我的朋友，我不能说是怎么好，我不是说："可以看看吗？"难道看也不能看吗？我相信韩昌黎"气水也"的说法，把文章摘出这么两三段来看是很要不得的办法，因为只见浮物，不见水，也浮不起来。——我们所谓风格，大概指的就是那么股"劲儿"。是落花依草也好，回风映雪也好，你总得从头至尾地看下来才有个感觉。正如同要行了才算是船，砌死在那儿，哪怕是颐和园的石舫，也呆板的。不过我把栢的文章抄在这里，他要是反对，不是反对因为失去层叠逶迤、翩翩昐顾而觉得有意跟他为难；是态度，是从切面中见出态度，从态度中有人，有好事人会提出他是怎么样一个人。从这三两段之中若是有人"唔"那么一声,"谈猫的!"他就没法奈他何。那位先生的意思当然是:猫不是猫,是很多东西,是大白兰花树,是银灰藕合,寂寞安定,是青竹篮带露羊齿叶,是如梦如春,暧昧朦胧,是枫树,青色闪,是浪漫感觉,……是不大壮健,是过了时的东西!有人说它晦涩,有人说它浅,都对。栢没法奈他何。是的,我可知道栢的苦。他自己比谁都明白,一天到晚地嚷着,为什么没有时间给我读书,给我思索,给我观察,为什么我不能深入于生活,平正于字句,为甚我贫弱,昏聩?看他用全力搏兔,从早到晚,天黑到天亮,(这样的时候不多,不是他不干,是时候没有,)结果颓然败阵下来,神色惨然,向我摊手,说:"没有办法,你看见的,我尽了力,可是格格不入,一无是处。"我就劝他,"你就别写吧。"这他可忽然爆发起来了,仿佛我就是他弄不好的题目,冲到我面前:

"我不写,我不写干什么?"

他要是反对我抄,反对的是这个。但是反对过一会儿他就不反对了。他就说:"无所谓的。日光之下无新事,都要过时。"

就因为过时,我问栢:

“哎柏，你为什么写这么个题目？”

　　我这一问好叫柏不高兴。他大抽了一口烟，推出下唇而喷出来，那么斜着眼睛看了我一下。我知道这兜起了他的恨。当然他不能一直用那样的眼睛看我，把眼睛移过了，那么看着一幅梵诃①的画，右手的大拇指无意识地拨弄他的衬衫扣子。渐渐地，他的表情之中透出一种悲怨，一种委屈。糟糕，我这么一句不经意的话闯了祸，我怕他要哭。你可以想象那一会儿的僵，那一会儿我的不安，我无以自处。我吸吸鼻子，咳嗽两声，舌头舔舔嘴唇。要是这种情形一直持续下去，我只有快快地说，乞怜，抗拒，绝望，哀楚，狠毒：“我走了。”从此我就绝不再来。倒是柏，他或者是因为梵诃的燃烧的笔触而得到安慰，得到鼓舞，得到启迪，忘了，不计较我的话，他倒体谅起我的踧踖，他脸上的表情变得非常温柔，把手加在我的手背上，我就是怎么会嘲笑，什么Cynical，我不能不为他感动，他缓缓地叹了一口气：

　　“我总在这儿写就是了，你知道的。——我这也并不是象征派，我有良心。”

──────────

① 编者注：即画家文森特·威廉·梵·高。

栢为我拿烟，为我点火。这也有下场。否则，他的手一直加在我的手上，成何体统？在我们的恳挚未为俗情笑煞之前即把手取去，是聪明的。自然事亦大可哀。但还是这样好，含蓄些，古典些。空气既已缓和，且因为这么一来，我们就更亲近，更莫逆于心，我就问问栢：

"为什么写不出来呢？"

栢苦笑，手那么一伸，把他的房间介绍给我看。不用说别的了，房间里有四张床！——比我的房间里还多一张。一张窄窄的小桌子，桌上又是肥皂，又是牙刷，又是换下来的衬衫，又是童子军哨子，又是算盘，又是绍兴戏说明书，又是什么文艺杂志，杂，乱，多，不统一，不调和。这间屋子真暗，真湿，真霉，真——唉，臭！栢从云南带来的一个缅漆盒子被人撂在墙犄角，这个东西他曾经那么宝爱过。他画了好几年的一个画稿上一个热水壶印子，一堆香烟灰，而且缺了一角。雨越下越大了。幸亏有雨，他才能多单独一会儿。而隔壁雄壮的"古罗马的城楼"歌声认真其事地唱起来了。栢的眼睛落在一本书上：弗吉尼亚·伍尔夫的《一间自己的屋子》，他表情极其幽默。

我想问问他是不是还是那么几个钱薪水，得了，别

绿猫

问了。

栢翻他的抽屉。找什么东西？

"张先生有信来。身体比较好些了。得等再照一次 X 光再说。究竟怎么样了呢，也不知道。他写了二十年，不管怎么样吧，写了二十年，似乎总该得到一点报酬。——还骂他！这时候还骂他做什么呢？在外国，这时早到了给他写传记的时候了。要批评他，就正正经经地批评也好，——那么轻佻，那么缺薄，当真他的文字有毒吗？紧张热烈地在工作，在贫穷苦闷之中不放下笔来，这还不够伟大？——昨天见到李先生，他总是那么精神旺健，说：'别骂！张某人比你们大家都穷，也比你们大家都用功，这是事实，这就够了！'何必呢？现在我们还有比麻木、比愚蠢、比庸碌更大的敌人吗？为什么不阔大些，不看远些？……"

"他还是劝我换个方法写。你看吗？"

我看信。一面还想了想"斗士"这两个字到底该是什么意思？

"是怎么回事？"

"我寄去一篇小论文，后来发现其中有一处很不妥帖，写信请他暂缓发稿，已经来不及了。后来想想，也无所谓，反正不是什么不刊之论。我年纪还轻，活着，谁也不知道里里外外要翻多少次身，要起多少次变化。你看我到了这儿一年，就在这儿变。——他这两句让我有一点感慨。你看：

> ……其实一般读者无此细心。大凡作者用心深致处读者即恰恰容易忽略。事极自然，因作者所谓深致，即与作者不大用心时文笔不同。一人尚如此，何况诸读者？……"

"你感慨什么呢？"

栢从字典下把那一叠《绿猫》原稿抽出来，拿起笔来写了一个"废"字，把桌上的笔套起来。

"不知道什么时候才写得好，又'错'了。"

"就是缺少那点用心深致处！——在生活里'出'不来。文章里'进'不去。格格不入，不对劲儿，不对。"

"瑞恰滋的说法已经很多人认为不能满意。我可是还没有见到更好的说法。——自然一切说法只是一种说法，它并不能就限制住写的人的笔。没有什么说法，大家也还是要摸索着前进，写出许多东西再等有人来结说一句。

"古往今来的文章当真有什么用？说法国革命是一

支《马赛进行曲》引出来的未免太天真、太乐观，有点倒因为果。而且《马赛曲》唱了出来多半也还是有点偶然。——为什么写？为什么读？最大理由还是要写，要读。可以得到一种'快乐'，——你知道我所谓快乐即指一切比较精美、纯粹、高度的情绪。瑞恰滋叫它'最丰富的生活'。你不是写过：写的时候要沉酣？我以为就是那样的意思。我自己的经验，只有在读在写的时候，我才觉得自己活得比较有价值，像回事。"

"可是——难！纪德说：'若是没有，放它进去！'说得多英勇！我看要生活里有诗，只有放它进去。——忽然想到这么一句，不大相干。"

"我并不是要把读跟写从生活里独立出来。这当然也不可能，办不到。并不是把生活一刀两断、截然分开，这边是书，是艺术；那边是吃饭、睡觉、打哈哈，不是这样的意思。……我要的是什么东西呢，不妨说就是'灵感'吧。"

"就像等公共汽车，看着远远地来了，一脚跳上去，想它，想那点灵感，把我带到一个比较清爽莹澈、比较动人、有意义、有结构、有节拍的、境界里去。灵感，我的意思是若有所见，若有所解，若有所悟。吃着饭，走着路，甚至说着话，尤其是睡前，醒后，忽然心里那么触动了一下，最普通的比喻，像拨响了琴弦，这就仿佛活了起来，一把抓住，有时就得了救。我就写。——阅读，痛快的阅读，就是这个境界的复现，俯仰浮沉，随波逐浪，庄生化蝶，列子御风，味飘飘而轻举，情晔晔而更新。……"

栢看了我一眼，看我确是在听，集中精神在听，听得很沉迷。其实不如说我在看，看他说，看那些其实没有什么出奇，我也知道的词句如何从他的心里涌出来，具何颜色，作何波澜。我在听，在看，在鼓励击赏。栢高兴，这一会儿他嗓子也好听，情感流得自然中节。

给你背一段书：

"古人云：形在江海之上，心存魏阙之下，神思之谓也。文之思也，其神远矣！故寂然凝虑，思接千载；悄然动容，视通万里。吟咏之间，吐纳珠玉之声；眉睫之前，卷舒风云之色，其思理之致乎。'——珠玉，风云，这是六朝人滥调，不过'寂然'，'悄然'形容得好！……"

"'故思理为妙，神与物游。神居胸臆之间，而志气统其关键；物沿耳目，而辞令管其枢机；枢机方通，则物无隐貌，关键将塞，则神有遁心。……'"

我点头：

"张载说：'心中苟有所开，即便劄记，不思则还塞之矣。'非常同情他这个'还塞之矣'，非常沉痛。"

"'是以陶钧文思，贵在虚静：疏瀹五藏，澡雪精神；积学以储宝，酌理以富才，研阅以穷照，驯致以怿辞。'——真好！

"夫神思方运，万涂竞萌，规矩虚位，刻镂无形：登山则情满于山，观海则意溢于海，我才之多少，将与风云而并驱矣！……"

"你背得真熟。"

"因为就像是我说的！——我还是赞成背书。就是太忙。我多久没有这么'像煞有介事'过了？从前不相信什么会闷出病来，现在想，大概真有那么回事。我母亲，他们就说是闷出病来，死的。"

栢这会儿神采焕发，眸子炯然。他在椅子把四肢伸得直直的，挺了挺腰，十分舒畅的样子，看起来他比平常也长大了些。我可以体会到他身体里丰满的快感。过了好一会儿，雨小些了，他走了两步，重重地叹了一声：

"四序纷回，入兴贵闲；勤靡余暇，心肖长闲，可是我怎么闲得起来？"

他长吸一口，把烟蒂灭了。打开抽屉，放好他的断稿《绿猫》。这家伙太敏感自觉，虽然对我还有时这么淋漓尽致地抒说，但也不让自己太忘形。过于恣肆固恐使我难堪，漫无节制亦为他文章义法所不取。完了，即使我紧接着，用热望的眼睛注视他，说："说下去"，他也不说了。古罗马的城楼又唱起来，而且远远地已经听到他的同事们嚷着唱着来了。栢向我笑：

"满城风雨近重阳。——水之积也不厚，则其负大舟也无力，我其为芥之舟乎？——什么时候，我才能有一个比较可以长时间思索、不被干扰的时候？——你也走吧，你也不善应酬，我实在怕看你装得很会应酬的样子；而且再有半点钟你们就要开饭，我也不留你。"

抱起他的小猫，栢送我到门口。我看着马路对面法国梧桐的绿叶，笑。

"又笑什么？"

"我想你有句什么话要说：'感谢你让我痛痛快快说了半天话，胡说八道，毫无道理，不要笑我。'——把你的猫送还给人家去吧，多难看！"

"阁下聪明，倒是，算你猜着，不愧是小说家！——才不送，我要把它染绿了呢！别把我的话记下来，说我说的，我怕挨骂，除非等我把那篇了不起的大作，文学与人生，写出来之后。——哎，你上回说的道士请神情形很有意思。真是那样？是你诌出来的？"

"诌什么！回去吧。过两天来。希望你的'绿猫'也写好了，猫也染绿了。"

……

风雨如晦，鸡鸣不已。——哎呀，我已经在这里坐了几个钟头了？天已经透蓝。咦，这里居然也听得到麻雀叫？——糟糕，我伤风了。刚才我放下笔歇了一会儿，抽了两支烟，我想了些什么？……我想起栢文章中提到的小院子，那时我们住在一起。想起那棵大白兰花树，现在正是开花的时候了。只有在云南那样的气候，白兰花才能长得那么大，罩满了整个一天井。花时，在巷子里即闻到香气，如招如唤。我们常搬了一张竹椅，在花树下看书，听老姑娘念经敲磬。偶然一抬头，绿叶缝隙间一朵白云正施施流过，娴静无比。一个老蜂窝又大了不少。一个蜘蛛结网，忙碌辛勤，忽然跌落下来，吊在半空；不知是偶然失足，还是有意如此，好等风来吹去，转换一个方向。我们有一个长耳绿匋水瓶，用匋瓶汲取井水来喝。——这时候！我们多半已经到了呈贡，骑马下乡了。道路都在栗树园中穿过，马奔驶于阔大的绿叶之下，草头全是露，风真轻快。我们大声呼喝，震动群山。村边或有个早起老人，或穿鲜红颜色女孩子，闻声回首，目送我们过去。此乐至不可忘。——
一说，也十年了，好快！——而这里，就是汽车！汽车
又一辆一辆地开出来了。……

　　……怎么会想到高尔基身上去的？……喔，是想到
道士请神，于是想到高尔基。

　　凡道士做法事道场，拜斗礼坛，既爇香，例须降
神。降神，就是变成一个神。其实和尚也如此，当中坐
的那个戴毗卢帽的大和尚是地藏王化身。不过道士降神
过程，比较长，比较顶真。偷鞋骗食的道士，自然不过
略具形式而已。有道理道士则必虔诚恭敬，收视返听，
匍伏坛前，良久良久，庶可脱去自己，化为太乙。旁边
的小道士，这时候由"掌鱼"的领头，摇铃击磬，高声
赞美，退魔障，全真灵，参助其升超。据说内行人常常
可以看出变到了如何程度，是快是慢，是易是难。据
说，如果降请既毕，得到灵感，——他们也叫灵感，即
凡俗人，若谛细观察，亦可以觉出与平常神色不烦，端
正凝祥，具好容貌，有大威仪。这似乎与理学家的功夫
有相似处。噫，鬼神之事，难言之矣，小时我不怎么相
信，现在也还是一样。不过那个理却似乎有的。我有兴
趣的是它可以借给我作一个比喻。

　　高尔基就像那个道士。我是说画布上的，白云石，

绿
猫

2
2
3

青铜上的，诚然是高尔基，但那是高尔基的精华。平常时候，比如从理发店里出来的时候，（高尔基也要理理发，俄国的理发匠不见得高明到哪里去！）高尔基未必常如是。高尔基一定也有很不像样的时候，如果人家一定要送他一个难看的小猫他怎么样呢，大概也没有办法；而高尔基大概也不喜欢听古罗马的城楼，不喜欢四个人住一屋，不喜欢汽车声音，不见得喜欢一点都没有雨的意思的下雨天也。——那种最高尔基式的时候，当然是他写得或者读得得意的时候。像果戈理所说，写不出来，在纸上乱画，写"我今天写不出来，我今天写不出来，我今天写不出来"的时候，自也有一种可以令人感动之处。不过画家、雕刻家似乎看不到；看不到所以他们画不出、刻不出。这怕倒还是写小说的可以来表演一下子了。

因为栢写不出文章，我想到这些。我是说高尔基可能比栢稍微可以平和安定一些，有时间可以思索，不会那么要写而不能写。——我这想的有点怪吗？

栢的《绿猫》，要写的，是一个孩子，小时极爱画画，可是大家都反对他。反对他画画，也反对他画的画。有一回，他画了一个得意杰作，是一头猫。他满腔热望、高高兴兴地拿给父亲看，父亲看也不看。拿给母

受
戒

2
2
4

亲看，母亲说："作算术去！"拿给图画老师看，图画老师不知道生了什么气，打了他十个手心，大骂他一顿："哪有这样的猫？哪有这样的猫！"他画的是个绿猫。画了轮廓，他要为猫着色，打开颜色盒子，一得意，他调了一种绿色，把他的猫涂成了绿的。长大了，他做公务员，不得意。也没有什么朋友，大家说他乖僻。他还想画画，可是画不成，乱七八糟的，涂得他自己伤心。他想想毛姆的《月亮和六便士》更伤心。到后来他就老了。人家送他一个猫。猫，人家不要养了，硬说他喜欢猫，非送给他不可，没有办法，他就收养了。他整天就是抱着他的猫。有一天，他忽然把他的猫染成了绿的。看到别人看到绿猫的惊奇样子，他笑了。没有两天，他就死了。

虽然我曾经警告过他，说这样的小说我没有看见过。这算什么呢，算心理小说？心理小说在中国还是个颇"危险"的东西。中国人大概都比较简单，也许我们的小说作家以为中国人很简单，反正，没有这个东西。我想劝他还是写写高尔基式的小说。不过，还是让他写下去吧。也许他有一天会写黑猫、白猫、狸花猫，玳瑁猫的。——你也知道的，他写的是他自己。

我担心的倒是，猫要是个绿的，他把猫眼睛弄成个什么颜色呢？唔，我以为这很严重。

　　天倒是晴了。早晴，今天一定热得很。——隔壁那个老头子咳了整整一夜。——不得了，汽车都出来了，这个世界上充满了汽车！还有，那是无线电的流行歌曲，已经唱起来也！我想起那位乖戾的哲人叔本华的那一篇荒谬绝伦的文章：《论嘈杂》。

　　　　　　　　　　　　三十六年七月二日，上海

公 冶 长

公冶长懂鸟语。

一天，几只乌鸦在树上对公冶长说：

"公冶长，公冶长，南山有个虎拖羊。你吃肉，我吃肠。"

公冶长到南山一看，果然有只虎拖羊，他把羊装在筐筐里拖了回去，给乌鸦什么也没有留下。

过了几天，乌鸦又对公冶长说：

"公冶长，公冶长，南山又有虎拖羊。你吃肉，我吃肠。"

公冶长赶到南山，什么也没有，树下躺着一具死尸。公冶长抽身想走，走出几个差人，把公冶长打了一顿。

公冶长无法分辩，也说不清楚，只好咬着牙挨打。这是一桩无头官司，既无"苦主"，也无见证。民不告，官不理，过了一阵，也就算过去了。公冶长白白挨了一顿打。从此公冶长再也不提他懂鸟语，他说：

"人话我都听不懂，懂得什么鸟语！"

梦

梦

给我一支梦中的笔，
我会写出几首挺不错的诗。
可惜醒来全都忘了，
我算是白活了这一趟了。

锁　梦

　　呆少爷早上起来，问丫头伶俐："你昨天夜里看见我没有？"

“看见你？——昨天夜里？在哪里？”

“梦里。”

“梦里？——我没有看见你。”

呆少爷抄起鸡毛掸子要打伶俐。

“干什么打我！”

正在洗衣裳的胡妈赶过来，也问：

“干什么打伶俐？”

“昨天夜里她明明看见我了，她说没有！”

胡妈说：

“梦是心中想，你想她，她不想你。你做梦，她
没有做梦。你看见她，她没有看见你。做梦怎么能当
真呢？”

“那不行！今天夜里她一定要在梦里看见我！我在
梦里等着你！”

这天夜里呆少爷睡得非常实在，什么梦也没有做。
一睁眼，天已经亮了。他大声喊：“伶俐！伶俐！你在
梦里看见我没有？”

伶俐说：“看见了！”

“你看见我在干什么？”

“看见你跟烧火的麻丫头亲嘴。”

“什么？我和麻丫头亲嘴？”

"亲得吧唧吧唧地响！"

"还吧唧吧唧地响！——放屁！"

"对，一边亲嘴一边放屁。"

"什么！"

"吧唧吧唧，噗噗噗噗……你的屁很特别。"

"有什么特别？"

"光响不臭。"

"你到街上喊一个铜匠来！"

"干什么？"

"我要打一把锁把你的梦锁起来，不许瞎做梦。吧唧吧唧，噗噗噗噗，不像话！"